ZWISCHEN BACH UND BAUM

– Naturfantasien –

Bibliografische Information der Deutschen Nationalbibliothek: Die Deutsche Nationalbibliothek verzeichnet diese Publikation in der Deutschen Nationalbibliografie; detaillierte bibliografische Daten sind im Internet über http://dnb.dnb.de abrufbar.

© 2016 Cornelia Aistermann, Sinje Blumenstein, Ursula Dittmer, Anna Dorb, Julie Fritsche, Markus Frost, A. C. Greeley, Anke Höhl-Kayser, Monika Kubach, Liv Modes, Uschi Prawitz, Anna-Maria Weigelt

Illustrationen: Sinje Blumenstein, Ursula Dittmer (S. 167), Anna Dorb (S. 99)
Umschlagillustration: Yvonne Less, www.art4artists.com.au
Umschlagfoto U4 und Umschlaggestaltung: Manuela Wirtz, www.manuwirtz.de
Buchblockgestaltung: Sandra Vogel, www.piepmatz-design.de

Herstellung und Verlag: BoD – Books on Demand, Norderstedt

ISBN: 978-3-743113-62-6

Vorwort

Unter unseren Schritten knirschen die Steine. Überrascht empören sie sich, denn menschliche Tritte sind sie nicht gewohnt. Immerhin geben die Jahreszeiten sonst nur an wenigen Stellen den Blick auf das geschliffene graue Gesicht der Bachsohle frei. Doch der diesjährige Spätsommer ist zu trocken. Nicht ein Pfützchen zeigt sich mehr, die bloßliegenden Wurzeln der Weiden werden nur von seichtem Wind umspült und sehen aus, als machten sie sich bereit, davonlaufen. Sie haben uns ebenso hier hineingelockt wie die Brombeersträucher, die ins Bachbett übergreifen und uns nur mühsam vorankommen lassen. Trotz der Trockenheit genießen wir die Luft zwischen den Bäumen. Viel frischer ist sie hier als auf den Feldwegen. Dort häuft sich der Staub weich wie frisch gesiebtes Mehl bis an den Wiesensaum. Jeder Schritt lässt atemraubende Wolken aufsteigen. Jetzt im unstaubigen Bachbett krallt sich eine Wildrose frech in mein Haar. Ein letzter Fingerzeig, dass wir wirklich mittendrin sind. Im Reich des Laubkönigs entdecken wir uns bislang verborgene Pfade, während daheim seine Geschichten warten.

2012 hatte uns der Laubkönig zuletzt Einblick in seine Welt gewährt. Tückische Hexenringe zeigten sich am Boden, während Gletschergeister im Eis ihr Unwesen trieben und der Mensch schließlich im Universum nach neuem Lebensraum suchte, weil er die wundersamen Wesen in Bäumen und Wäldern übersah und die Jahreszeiten Kriegsrat halten mussten.

Nun hat er ein weiteres Mal kreative Köpfe um sich geschart, elf Autorinnen und einen Autor, die mit offenen Augen bereitwillig sein zerbrechliches Zauberreich fernab ausgetretener Pfade auf sich wirken lassen. Bekannte wie neue Stimmen erzählen vornehmlich von jenem Element, das uns während der Entstehungszeit dieses Buches entweder im Übermaß begleitete oder schmerzlich vermisst wurde: Wasser.

Heute sind Sie, liebe Leserinnen und Leser, herzlich eingeladen, in diese Geschichten einzutauchen, in denen die Natur in magischem, fantastischem, mitunter sogar eigenwilligem Licht zwischen Bach und Baum erscheint.

Gehen Sie hinaus, verlassen Sie die altbekannten Wege und finden Sie in glitzerndem Moos, säuselnden Bächen und nektarvollen Blüten eigene Geschichten.

Herzlich willkommen im Reich des Laubkönigs!

Es erzählen:

Ursula Dittmer
GROSSVATERS HEIMLICHE LIEBE..........................11

Liv Modes
FIUR...26

Sinje Blumenstein
GOLDFISCHCHEN..41

A. C. Greeley
WOLFSSTEIN..57

Anke Höhl-Kayser
WINTERSONNENWENDE....................................... 71

Anna Dorb
(K)EIN RIESENDING...84

Monika Kubach
DAS WEIDENWEIBCHEN..................................... 100

Uschi Prawitz
MUTTER WEIDE... 108

Cornelia Aistermann
12 UHR MITTAGS – HIGH NOON
UNTER DEM KASTANIENBAUM..........................111

Markus Frost
DIE GOLDENE LATERNE..................................... 125

Julie Fritsche
ZAUBERHAFTER NEUANFANG...........................138

Anna-Maria Weigelt
DATE MIT JACK-IN-THE-GREEN..........................152

Anke Höhl-Kayser
FIMBULWINTER... 160

Ursula Dittmer
UGULAIA... 164

Ursula Dittmer

Großvaters heimliche Liebe

Bertram »Berthel« Horgaseder stellte sein Auto ab, hängte den Rucksack um und nahm Großvaters Säge und Axt in ihren mit Öl getränkten Futteralen aus dem Kofferraum. So beladen kämpfte er sich durch das Gebüsch am Waldrand. Zwischen den Bäumen lag der Schnee weniger hoch als draußen auf den Feldern, sodass er gut vorankam. Mit gesenktem Kopf und langen Schritten durchquerte er zielsicher den Wald.

Als er die Hütte erreichte, war er durchgeschwitzt. Mit zitternden Fingern fischte er den Schlüssel aus seinem Versteck. Das rostige Schloss sperrte und die Tür klemmte beim Aufziehen. Drinnen war es finster und die abgestandene Luft roch nach Schimmel. Daran merkte er, wie lange er nicht hier gewesen war. Er öffnete die Fenster und drückte die Fensterläden auf. Zuletzt schürte er im kleinen Kanonenofen ein Feuer. Als es munter brannte, klappte er die Fenster zu, packte die Werkzeuge aus und verließ das Häuschen.

Der erste Baum fiel rasch. Berthels Wut steigerte seine Kraft. Schlag für Schlag versetzte er dem Stamm und sägte, bis ihm der Schweiß in den Augen biss. Als die Buche genau im richtigen Winkel zwischen zwei Nachbarbäumen hindurchstürzte, nickte Bertram zufrieden.

Er war froh, die Kettensäge zu Hause gelassen zu haben, denn die schwere Waldarbeit tat ihm gut.

Der erste Zorn war abgeklungen – er beschloss, eine Pause einzulegen, bevor er sich an das Zerlegen des Baumstammes machte.

In der Hütte hing die Kälte noch in jeder Ritze, doch die Luft war bereits angewärmt. Berthel schob ein dickes Buchenscheit in den Ofen. Er holte sich die Schnapsflasche vom Wandbord, trank einen kräftigen Schluck und nahm sie mit hinüber zum Bett. Er setzte sich und kramte die Dosenravioli aus dem Rucksack. Er öffnete den Deckel und stellte sie auf die Ofenplatte. Unfähig, zu warten, bis das Essen heiß war, nahm er schon nach kurzer Zeit die Dose wieder herunter. Lustlos löffelte er das matschige Nudelgericht lauwarm in sich hinein. Er kippte einen Mundvoll Schnaps hinterher und sank aufs Bett zurück. Erst jetzt brach – wie ein Sturm – sein ganzes Elend über ihn herein.

Der Streit zwischen ihm und seinem älteren Bruder war heftig wie nie zuvor gewesen. Wahrscheinlich war dessen Nasenbein gebrochen, als er ihm diesen Faustschlag verpasste. Es hatte geknirscht, und das Blut war Georg nur so aus der Nase gespritzt. Um Schlimmeres zu verhindern, war er aus dem Haus gestürmt und in den Wald geflohen.

Dieses blutüberströmte Gesicht … Berthel ballte die Hände zur Faust. Der Hieb tat ihm unendlich leid. Doch das schlechte Gewissen vertrieb nicht seine Enttäuschung über den Vertrauensmissbrauch. Wieso hatte Georg hinter seinem Rücken so weitreichende Entscheidungen getroffen?

Vorerst würde Berthel in der Hütte bleiben, bis sein Bruder auf ihn zukam.

Mit wütender Entschlossenheit erhob sich der junge Mann, um draußen seine Arbeit zu beenden.

Als er das letzte Stammstück bis zum Holzplatz geschleppt hatte, begann es zu dunkeln. Er beschloss, erst am nächsten Morgen die Äste zu zerkleinern und den Platz aufzuräumen.

Erschöpft setzte er sich auf den Holzstoß und ließ den Blick schweifen. Er liebte die Hütte und die Lichtung, auf der sie stand. Schon als Kind war er gerne hier gewesen. Meist mit Großvater, dem er bereits als kleiner Junge im Holz geholfen hatte.

Berthel erinnerte sich mit Freude an diese Zeit. Johann Horgaseder hatte ihm die Liebe zur Natur, vor allem zum Wald, vermittelt.

Dort drüben am Wildwechsel hatten sie ›Laubhaufen‹ gespielt.

Dabei hatten sie sich auf die Erde gelegt und der Opa hatte Buchenlaub über ihnen aufgeschichtet. Dann hatten sie gewartet.

Oft genug war gar nichts geschehen.

Doch einmal war eine Rotte Wildschweine vorübergezogen. »Da hast du Glück gehabt, Bertram«, hatte der Alte gemeint: »Kindernasen sind eine Delikatesse für Schweine.«

Hinauf in die Wipfel schauen, Wolkenbilder und Vögel beobachten und die vielfältigen Gerüche genießen … Er, Berthel, war in diesen Momenten ein Teil des Waldes gewesen. Ein Waldwesen, welches, gut versteckt, über die Lichtung wachte.

Berthel schreckte aus seinen Gedanken hoch. Er musste noch Wasser holen, bevor er sich ausruhen konnte. Er ging in die Hütte, legte Holz nach und nahm die verbeulte Milchkanne von ihrem Haken hinter der Tür.

Heller Dampf stand über dem flachen Hügel, aus dem die Quelle entsprang. Das warme Quellwasser gefror selbst in harten Wintern nicht.

Der junge Mann setzte sich auf die Einfassung und tauchte die Hand in die Brunnenschale. Das mineralstoffhaltige Wasser war eine Wohltat für die Blasen, die ihm die schwere Arbeit mit Säge und Axt beschert hatte.

Sein Ururgroßvater, Ignaz Horgaseder, hatte die Ablaufrinne des Brunnens gefasst und einen Quellstein darübergelegt, um das Becken immer sauber zu halten. Ignaz' Enkel Johann und dessen Enkel Bertram hatten so manchen Sommerabend damit verbracht, dem Findling eine Form zu geben. Nach und nach hatte der alte Mann ein ›Weiberl‹, eine nackte Frau, aus dem Stein geschält. Berthel hatte einen schlafenden Marder gemeißelt, der zusammengerollt zu ihren Füßen lag. Sogar sein Bruder hatte sich verewigt. Er hatte am Überlauf Querrillen angebracht, sodass die Quelle nun leise plätscherte.

Die Äste der Buchen knarrten sacht im Wind. Der leuchtende Schnee verlieh der Lichtung ein unwirkliches Aussehen. Berthels Blick wanderte hinüber zu der Stelle, an der sie die Urne begraben hatten. Unwillkürlich schossen ihm Tränen in die Augen. Er spülte die Kanne aus und kippte das Wasser schwungvoll in Richtung Grab.

»Der Girgl will verkaufen, Großvadder«, schrie er mit tränenerstickter Stimme. »Den Wald und die Quelle. Hilf mir! Was soll ich nur tun?«

Die Welt hielt für einen Moment den Atem an. Es wurde totenstill. Jede Bewegung schien eingefroren. Aus dem verschütteten Spritzwasser stieg Nebel auf, der herüberzog und sich mit den Schwaden aus der Quelle mischte. Ein Geräusch drang an Berthels Ohr – wie ein lang gezogenes Ausatmen.

Ein eisiger Windstoß brach den Zauber. Er durchfuhr die Lichtung und wirbelte den Pulverschnee auf. Die winterstarren Äste und Zweige der Buchen rieben sich erneut aneinander. Gänsehaut kroch über Bertrams Rücken. Doch die Kälte, die ihn zittern ließ, kam nicht vom Eiswind.

Unwillig schüttelte er den Kopf. Seine nasse Hand pochte, als hätte er sich verbrüht. Er füllte die Kanne bis zum Rand mit Wasser und eilte zur Hütte.

Drinnen war es inzwischen wohlig warm. Im Vorbeigehen presste er mit der Faust den Stoffbeutel zusammen, der neben dem Ofen hing. Als die Kräuter darin ihren würzigen Duft verbreiteten, lächelte er. Die vertraute Geste beruhigte ihn. Bei seiner Großmutter hatten im ganzen Haus Kräutersäckchen gehangen. »Da! Ein Gruß vom Sommer!«, hatte sie fröhlich verkündet, wenn sie auf ein Säckchen drückte.

Der Wasserkessel begann zu summen. Berthel mischte verschiedene Kräuter und streute sie in die Teekanne. Während der Tee zog, lümmelte er sich auf das Fensterbrett.

»Vollmond! Kein Wunder ...«, brummte er, als er den Mond über dem Schalksberg aufgehen sah.

Großmudder würd' verstehen, was ich gerade erlebt hab', fügte er in Gedanken hinzu. *Aber der Georg? Der würde mich für verrückt erklären! Für ihn bin ich immer noch der kleine Bub mit seiner blühenden Fantasie. Haben wir eigentlich außer der Arbeit noch andere Gemeinsamkeiten?*

Doch da fiel ihm ein, wie streng Johann Horgaseder mit Georg, dem Hoferben, umgegangen war. Der Alte hätte mit Georg niemals ›Laubhaufen‹ gespielt.

Bioholunder und Artischocken!, dachte Berthel und grinste. *Der Großvadder würd' sich im Grab umdreh'n.*

Er bewunderte den Geschäftssinn seines Bruders und unterstützte ihn tatkräftig. Der Hof und die Waldwirtschaft warfen jetzt genug ab, um sie beide gut zu ernähren. Seit einiger Zeit ergänzte Georgs Freundin Steffi ihren Männerhaushalt.

Alles war in bester Ordnung gewesen – bis zum Morgen dieses Tages. Sein Bruder hatte ihm beim Frühstück wortlos einen Schnellhefter mit Analysen des Quellwassers in die Hand gedrückt, sowie Baupläne und das Kaufangebot eines Investors.

Der Mineralstoffgehalt genügte für eine Anerkennung als Heilquelle. Der Wald sollte zum Erholungsgebiet werden, auf der Lichtung war ein Hotel mit Wellnessbereich geplant. Fassungslos hatte Berthel seinem Bruder in die vor Begeisterung strahlenden Augen gestarrt.

»Mit dem Verkaufserlös vergrößern wir die Obstanbauflächen und investieren in eine Biokelterei. Diese Neuorientierung ist eine Chance für die ganze Region, Bertram!«

Berthel stieß unwillig die Luft aus. Der volle Mond beleuchtete die Waldschneise; es war taghell. Ein feines Geflecht aus Goldfäden überspannte die Schneefläche. Es erinnerte ihn an Vermessungsschnüre. Schaudernd wandte er sich ab.

Er rüttelte die Bodenplatte des Ofens, zog den Aschekasten heraus und trug ihn ins Freie. Die glühende Asche kippte er in den Blecheimer neben der Tür.

Die Nacht war klirrend kalt. Über der Lichtung lag noch immer dieses Goldfadengespinst. Er sah aber nur kurz hinüber. Es war besser, sich mit derartigen Erscheinungen nicht näher zu befassen.

Der Großvater hatte ihn gewarnt … damals.

Merkwürdig, dass ihm dieser Vorfall ausgerechnet heute wieder einfiel. Dem kleinen Berthel war beim Spielen an der Quelle plötzlich eine junge Frau in triefend nassen Sachen erschienen, die ihm wundersame Geschichten über Wasserwesen erzählte.

»Falls du ihr zuhörst oder sie genauer anschaust, gerätst du unweigerlich in ihren Bann. Wenn du nicht aufpasst, dann passiert dir das Gleiche wie deinem … Du wirst nie wieder alleine zur Quelle gehen!«

Johann Horgaseder hatte ihn hart an den Oberarmen gepackt gehabt und ihm ernst in die Augen gesehen.

Von wem der Alte damals wohl gesprochen hatte?

Nachdrücklich schloss der junge Mann die Tür hinter sich. Er schob den Aschekasten in den Ofen zurück und legte Holz nach. Die Ofenklappe ließ er offenstehen. Er zog einen Stuhl heran und goss sich Tee ein.

Versonnen schaute er in die Flammen.

Eine Chance für die Region, dachte er. *Damit hat Georg natürlich recht.*

Nachdem zwei Großbetriebe in die Insolvenz gegangen waren, gab es viele Arbeitslose. Das Hotel, aber auch Obstanbau und Kelterei würden neue Arbeitsplätze schaffen. Alles ergab Sinn. Dennoch: Allein der Gedanke daran, dieses Fleckchen Erde in fremde Hände zu geben, die es nicht wertschätzten, verursachte ihm Übelkeit.

Noch war nichts entschieden. Es lagen erste Ergebnisse vor, aber ansonsten existierten nur Planspiele.

Berthel klappte die Ofentür zu. Er legte sich aufs Bett, verschränkte die Arme hinter dem Kopf und starrte an die Decke.

Der Schnee reflektierte das Mondlicht; in der Hütte war es fast so hell wie am Tag.

Biohotel – Heilwasser – Naturlehrpfad – Holzschnitzen und Steinhauen – Laubhaufen spielen – Kräuter, die aus dem Sommer grüßen – die Römer … eine junge Schönheit im nassen Kleid.

Berthel fuhr aus einem leichten Schlummer hoch. Sein Herz klopfte wild. Sein linker Arm war eingeschlafen und kribbelte schmerzhaft, als er ihn hinter dem Kopf hervorzog. Er wollte sich gerade aufrichten, als ihm eine seltsame Reflexion an der Zimmerdecke auffiel. Sie sah aus wie die Goldfäden, die er über dem Schnee gesehen hatte.

Langsam sank er zurück und ließ das Bild auf sich wirken. Dieses Muster aus Licht war nur Zufall! Der Mond spiegelte sich in der Quelle und dem kleinen Bachlauf, den sie nährte. Der Rest entstand durch Schnee und Eis …

Doch da draußen war etwas, dem er sich endlich stellen sollte. Irgendetwas hütete die Quelle, auch wenn Bertram seit seinen Kindertagen niemanden mehr dort getroffen hatte.

Nein, kein »Etwas«, sondern ein Quellweiberl, wie es der Großvater aus Stein gehauen hatte.

Berthel biss sich auf die Lippen.

Dieser merkwürdige Moment, als er das Wasser auf Großvaters Grab geschüttet hatte … seine Starre und der seltsame Nebel …

Er schloss die Augen und rollte sich zur Seite. Nur um sich kurz darauf auf die andere Seite zu werfen. Selbst wenn er akzeptierte, dass der Brunnen von einer Quellnymphe bewohnt war, was sollte das mit den Goldfäden und der Reflexion an der Decke?

Berthel schnellte hoch.

»Der Großvadder hat sie gekannt!«

Er sprang aus dem Bett und eilte zum Fenster.

Der Mond war weitergewandert und schien durch den Dampf über der Quelle. Ein Windhauch bewegte den Nebelschleier wie ein Mädchen, das sich im Tanzschritt dreht.

Bertram lachte leise.

So war das also: der alte Horgaseder und das Quellweiberl!

Die Ähnlichkeit zwischen der Skulptur und der Frau im nassen Kleid hätte ihm eigentlich schon viel früher auffallen können.

Wahrscheinlich sollte er das Verhältnis des Großvaters zum Quellweiberl nicht romantisieren. Von einem Bann hatte dieser gesprochen und dabei eher zornig als glücklich gewirkt.

War er ihr verfallen gewesen? Vielleicht sogar über den Tod hinaus?

Der junge Mann schüttelte missmutig den Kopf.

»Auf was für Gedanken man bei Vollmond kommt!«

Er verließ den Platz am Fenster und warf sich aufs Bett. Als sein Blick erneut auf das Muster an der Decke fiel, formte sich in Berthels Kopf eine Idee.

Er entzündete das Öllicht und einige Kerzen.

In der Tischschublade fand er einen alten, nach Schimmel riechenden Malblock, einen Bleistiftstummel und eine Blechschachtel mit Buntstiften.

Er skizzierte, kritzelte, schraffierte. Er drehte und wendete das Blatt, malte von oben und von unten, zerriss und zeichnete neu.

In den frühen Morgenstunden begann er, zu beschriften.

Bertram saß am Tisch und schlief, als Georg leise die Hütte betrat. Er beugte sich vorsichtig über den Schlafenden, dessen Oberkörper einen Zeichenblock halb verdeckte. *Römische Therme* stand da in großen Lettern über der Seite. Darunter erkannte er einen Plan und einige Skizzen.

War das nicht das Quellweiberl?

Belustigt schüttelte Georg den Kopf.

Dann legte er Holz nach und stellte frisches Wasser auf.

Berthel erwachte, als ein Stuhl an den Tisch gerückt wurde. Als er die Lider aufschlug, sah er in ein grinsendes Gesicht, das durch einen großen Verband und ein blaues Auge völlig entstellt wirkte.

»Tut mir leid!«, kam es von beiden wie aus einem Mund.

Georg zuckte mit den Schultern. »Hatte ich wohl verdient. Irgendwie. Ich wusste, dass du ausrasten würdest, aber ich hatte eher mit Gebrüll gerechnet, als mit einem Faustschlag.« Er deutete auf den Zeichenblock: »Und was soll das werden?«

»Immer vorausgesetzt, du hast nicht nur Analysen eingeholt, sondern auch berechnet, wie ergiebig die Quelle ist …« Berthel wartete ab, bis sein Bruder nickte. »Gut. Ich habe abgewogen: die Chance für die Region und den Schutz des Waldes. Bioholunder und Saft … alles schön und gut, aber dafür unseren wirklichen Schatz verhökern?«

Er nahm Georg den frisch gefüllten Becher aus der Hand und trank einen Schluck Tee.

»Erinnerst du dich an den Geschichtsunterricht in der Schule? Hier in der Gegend siedelten die Römer. Unsere Quelle ist nicht nur mineralstoffreich, sondern auch warm. Sicher ist sie tiefer unten sogar heiß. Womöglich gab es zur Römerzeit an genau dieser Stelle eine Therme. Es würde also hierher passen, ein römisches Bad zu errichten. Unabhängig davon …« Er drehte das Blatt um und wies auf ein Haus im römischen Baustil. »Da wir die Landwirtschaft sowieso schon auf Bio umgestellt haben, wäre ein Biohotel denkbar. Die Küche beliefern wir mit eigenen Produkten, soweit es geht. Darüber hinaus wird es nicht nur Heilwasser, Therme und gesunde Ernährung geben, sondern auch Kräuterführungen, Walderlebnistouren und solche Sachen wie Schnitzen und Bildhauern ...«

Bertram hatte sich heißgeredet, jetzt brach er ab. »Was meinst du dazu?«

»Puh!«, Georg blies die Wangen auf. »Ich weiß nicht ... Das hört sich wunderbar an, aber wie willst du das denn finanzieren?«

»Den Hotelbetrieb kann von mir aus dein Investor übernehmen. Doch wir werden nicht verkaufen! Wie hast du es genannt? *Chance für die Region?* Gerne! Dafür muss das Projekt aber in unserer Hand bleiben!« Er drehte den Malblock um und präsentierte seinem Bruder eine Liste mit Namen, ortsansässigen Institutionen und Firmen. »Die holen wir alle ins Boot.«

»Du bist verrückt!«

Vier Jahre später ...

Die Eröffnungsfeier für Römermuseum und Hotel fand im Konferenzsaal des Hotels statt. Hier gaben große Fenster den Blick auf ein beeindruckendes Panorama frei: einen naturbelassenen Garten mit dem Nachbau eines Tempels. Aus dem Tal grüßten die barocken Türme der Ortskirche.

»Ich glaube, die letzten Jahre waren die aufregendsten unserer Gemeinde seit ihrer Gründung vor fast einem Jahrtausend.«

Der Bürgermeister blickte in seiner launigen Rede auf zahllose Kämpfe mit dem Landesamt für Denkmalpflege und die aufreibende Bauphase zurück.

Wie Berthel vermutet hatte, waren in zwei Metern Tiefe Reste eines Römerbades zum Vorschein gekommen. Man hatte den Bau abbrechen müssen, um einem Trupp Archäologen Platz zu machen. Das Ausgrabungsteam hatte nicht nur ein komplett erhaltenes Bodenmosaik gefunden, sie hatten auch Säulen und Kapitelle, die Statue einer Quellnymphe, Keramik, Münzen und Schmuck zutage gefördert.

Dieser Fund hatte die Pläne geändert. Die Gemeinde hatte einen Teil des Waldes erworben, um das Museum zu errichten. Seitlich davon sollte in Zukunft weitergegraben werden, denn alles deutete darauf hin, dass hier ein Kastell und eine römische Ansiedlung zu finden waren.

Das Mosaik hatten sie mit einer dicken Glasfläche überbaut und mit den Säulen in die Therme integriert. Darüber hatten die Brüder Horgaseder das Biohotel errichtet. Museum und Hotel bildeten ein einzigartiges Konzept, welches historische Substanz nicht nur als nüchterne Ausstellungsfläche darbot, sondern ihr neues Leben einhauchte.

»Das Quellweiberl wirkt zwar etwas rustikal in all der römischen Pracht, aber ist es nicht ein wunderbarer Spiegel unserer Geschichte? Die meisten von uns sind heute Bauern, doch anscheinend bauten unsere Vorfahren ihre Höfe mit den Überresten römischer Prachtbauten in einem bekannten Heilbad der damaligen Zeit.«

Berthel lümmelte an einem der Stehtische. Er hatte bereits zwei Biere intus und führte gerade das dritte Glas zum Mund, als seine Schwägerin Steffi neben ihn trat und ihm den Arm um die Schultern legte.

»Hey, schau nicht so«, meinte sie gutmütig. »Es ist doch heute ein besonderer Tag. Für dich, für die Gemeinde …«

»Ach, ist schon alles in Ordnung, Steff, nur …« Er griff zum Bierglas und stürzte den Inhalt in wenigen Schlucken hinunter.

»Berthel! Es geht mich zwar nichts an, aber …«

»Richtig, es geht dich nichts an.«

Bertram sah ihr mit hochgezogenen Brauen nach, als sie sich verärgert abwandte.

Doch sie kam zurück und fragte: »Was ist los? Seit einer Woche kann man es kaum mehr aushalten mit dir! Was ist passiert?«

Berthel hob die Hand, um bei der Bedienung noch ein Bier zu ordern.

Eine Woche.

Das kam ziemlich genau hin …

Vor etwa einer Woche hatten die Gedanken um die bevorstehende Einweihung des Hotels Berthel die halbe Nacht wach gehalten. Schließlich hatte er sich angezogen und war im hellen Licht des Vollmonds den Hügel zum Hotel hinaufgegangen.

Er hatte das Haus umrundet und war durch den Garten gestreift. Der Gesang der Nachtigallen, ein leichtes Lüftchen, das Geplätscher des Weiberlbrunnens: ein Idyll!

Ab nächster Woche ist der Frieden vorbei, hatte er wehmütig gedacht. *Auf der Terrasse und den Balkonen werden Menschen lachen und reden, Autos werden den Berg herauf- und hinunterfahren …*

Er war durch das feuchte Gras hinüber zu dem kleinen Hügel geschlendert.

Dort thronte in einem kleinen römischen Tempel Großvaters Quellweiberl.

Hoffentlich haben wir keinen furchtbaren Fehler gemacht und die Chance für die Region bedeutet den Verlust unserer Identität.

Berthel hatte sich über das Becken gebeugt und mit der hohlen Hand Wasser geschöpft, um einen Schluck zu trinken. Plötzlich war das warme Heilwasser heftig aus dem Stein geschossen und ihm ins Gesicht und über den Kopf gespritzt.

Verwirrt hatte er sich mit seinem Jackenärmel abgetrocknet.

Was hatte diese Fontäne ausgelöst?

In diesem Augenblick hatte er ein Geräusch gehört.

Ein … Kichern?

»Wer ist da?«

Berthel hatte nach diesem Erlebnis weder Zeit noch Lust gehabt, sich mit einem Eindringling zu beschäftigen. Reglos hatte er in die

Nacht gelauscht, doch außer den Nachtigallen und dem Wind war nichts zu hören gewesen.

»Ach, leckt's mich doch!«, hatte er schließlich gebrummt und war geflohen. Im Laufschritt war er den Berg hinunter nach Hause geeilt. Dort hatte er noch lange nachdenklich am Fenster gestanden.

Trotz all der Hektik am Bau hatte er das Quellweiberl nicht vergessen können.

Wie auch: Das verfluchte Weibsbild hatte ihn in jeder Vollmondnacht mit Träumen geplagt. In ihnen war oft ein römischer Tempel zu sehen gewesen. Also hatte er einen solchen über ihrer Quelle errichten lassen. Doch anscheinend hatte ihr das nicht gereicht.

Am nächsten Morgen war die Quelle versiegt gewesen. Fassungslos hatte Berthel vor dem leeren Brunnentrog gestanden. Er war in die Brunnenstube hinuntergestiegen, hatte aber keine Erklärung gefunden. Auch der herbeigerufene Techniker hatte nur mit den Schultern gezuckt.

Erst am Abend hatte das Wasser wieder gesprudelt.

Einigermaßen beruhigt hatte Berthel der Brunnenfigur den Arm getätschelt und war über die Wiese davongegangen.

Er war schon fast am Hotel angelangt gewesen, als es hinter ihm weithin hörbar geknackt hatte.

Laut fluchend war er zum Tempel zurückgeeilt.

Zunächst war ihm nichts Besonderes aufgefallen, aber dann hatte er einen breiten Riss in der Decke entdeckt.

Er hatte den Vorfall für sich behalten, obwohl er ständig daran denken musste.

Was hätte er auch sagen sollen: »Ach, übrigens, in der Quelle lebt eine Nymphe, und sie ist aus irgendeinem Grund sauer auf uns?«

»Na bravo!«, nuschelte Berthel.

Er stupste Steffi an und deutete nach draußen, wo sich das Tempelchen langsam zur Seite neigte und wie in Zeitlupe in sich zusammenfiel. Unter den Anwesenden entstand ein Tumult. Einige Frauen schrien auf, die meisten Gäste drängten sich vor den Fenstern zusammen. Einige eilten ins Freie.

Berthel lachte und orderte ein weiteres Bier und einen Schnaps. Kurz darauf gelang es ihm, seine Träume und die Ereignisse in Einklang zu bringen.

»Du bist komplett verrückt!«, brummte Georg. »Das wusste ich im Grund schon immer.«

»Und deswegen magst mich so gern, oder?«

Bertram hielt Georg seine Bierflasche entgegen. Sein Bruder stieß mit seiner Flasche dagegen. Sie tranken. Die Brüder saßen nebeneinander auf der Bank vor ihrem Haus und beobachteten die jungen Katzen, die fauchend einen Disput miteinander ausfochten.

Seit dem Einsturz des Tempels war die Quelle versiegt.

Bertram hatte eine gute Woche lang mit sich gerungen, ob er seinem Bruder von seinen Erlebnissen erzählen sollte.

Heute hatte er sich dafür entschieden, weil Georg mit hohem technischem Aufwand nach einer neuen Quelle suchen wollte.

Natürlich glaubte der ältere Horgaseder nicht an magische Wesen, die einen Wasserlauf beeinflussen konnten.

»Unser Grand Old Man war in eine Nymphe verliebt? Haha! Der Witz ist gut!«

»Und warum glaubst du, dass ausgerechnet ein Mann wie er zu Hammer und Meißel gegriffen hat, um mitten im Wald eine nackte Frau aus dem Stein zu hauen? Jemand oder etwas muss ihn doch dazu gedrängt haben.«

Doch Georg schüttelte den Kopf und machte sich weiter über Berthel lustig. Spät in der Nacht siegte seine Abenteuerlust.

»Also gut, ich bin dabei. Aber denk nicht, dass ich dir dein Märchen glaube! Ich mache nur mit, weil ich besoffen bin und mir nichts Besseres einfällt, um unser Projekt zu retten.«

Und so kam es, dass in der nächsten Vollmondnacht zwei Männer eine Urne in ein blumengeschmücktes Loch neben der Quelle versenkten.

Sie hatten ihren Großvater soeben ein drittes Mal beerdigt: Das erste Mal hatten sie ihn – seinem Wunsch gemäß – auf der Waldlichtung begraben. In der Bauphase hatten sie ihn auf den Friedhof umgebettet, und heute hatten sie ihn von dort zurückgeholt.

»Und jetzt?«, meinte Georg, als sie die Erde über dem Grab festgetreten hatten und die vorher ausgestochene Grassode darüberlegten.

»Warts ab«, meinte Berthel und begoss die Stelle mit Quellwasser.

Ursula Dittmer, geboren 1953, lebt in Würzburg. Sie studierte Sozialpädagogik und war jahrelang in der sozialen Arbeit tätig, bevor sie sich selbstständig machte. Ein von ihr gegründetes Fortbildungsinstitut besteht seit 1994. Seit 1987 Unternehmerin führte sie zuletzt den Theaterladen mit Kostümverleih in Würzburg. Der fünfteilige Fasanthiola-Zyklus ist ihre erste Romanveröffentlichung. Seither sind von ihr Kurzgeschichten in Anthologien erschienen.

http://www.fasanthiola.de

Liv Modes

Fiur

Ich erschrak im Schlaf, weil ich träumte. Eigentlich sollte mein Gehirn dazu gar nicht in der Lage sein, denn Feen wie ich gehören zu den niederen magischen Wesen. Trotzdem nahm ich die Bilder hinter meinen geschlossenen Lidern wahr. So musste es bei den Elfen sein, diesen arroganten Salatfressern, die glaubten, ihre Wahrträume entstünden durch ihre vegetarische Ernährung. Feen aßen nun einmal Fleisch. Und konnten sich offenbar auch im Schlaf über die Elfen aufregen. Das war wohl genetisch bedingt.

Ich konzentrierte mich wieder auf meinen Traum. Mein Körper schwebte über einer Lichtung mit kräftigem grünem Gras. Die Blüten vieler zarter, hochgewachsener Pflanzen streuten unregelmäßige weiße Flecken. Andere Blumen gab es nicht. Ich konnte mich nicht erinnern, diese Blüten jemals im Wald gesehen zu haben.

Mein Bewusstsein befand sich offenbar außerhalb meines Körpers, denn ich beobachtete ihn aus der Perspektive eines Zuschauers vom Rand der Lichtung aus.

Ein sanfter Wind strich durch die Wiese und bahnte eine schmale Gasse zwischen den Gräsern.

Ein plötzliches Plätschern und Rauschen veranlasste mich dazu, meine Aufmerksamkeit von meinem reglos in der Luft hängenden Körper abzuwenden und zwischen die umstehenden Bäume zu spähen. Dort fraß sich ein Bach in unglaublicher Geschwindigkeit durch den Waldboden. Die verschlungene Erde färbte das kristallklare Wasser immer dunkler, und als der Bach die Lichtung erreichte, hatte er sich in trägen, faulig stinkenden Schlamm verwandelt. Das Gras verwelkte augenblicklich, als es mit dem Wasser in Berührung kam. Die weißen Blumen hielten jedoch stand.

Bis zur Mitte der Lichtung schaffte es der Bach, bevor er plötzlich versickerte und eine Spur der Zerstörung zurückließ. Die weißen Blumen aber begannen sofort, sich zu vermehren und die entstandene Gasse aufzufüllen. Gras wuchs keines nach. Gleichzeitig bewegte sich etwas in der Mitte der Lichtung, ungefähr an der Stelle, an der mein Körper immer noch regungslos in der Luft hing.

Mit einiger mentaler Anstrengung gelang es mir schließlich, mein Bewusstsein dorthin zurück zu zwingen, wo es hingehörte. Als ich wieder Herrin meiner Gliedmaßen war, ließ ich mich tiefer sinken und beobachtete verwundert, wie sich einige der weißen Blumen ineinander schlangen. Sie verflochten sich und bildeten Knoten und Stränge.

Es dauerte eine Weile, bis mir bewusst wurde, dass es nicht die Wiesenblumen waren, die sich merkwürdig verhielten. Vielmehr verstärkten sie nur den Gegenstand, der sich langsam aus dem Boden schob.

Vorsichtig schwebte ich ein Stück näher heran. Dabei spürte ich eine vertraute Wärme zwischen meinen Schulterblättern, als meine Flügel aneinander rieben und kleine Flammen erzeugten. Wenigstens konnte ich mir meiner verpönten Feuermagie sicher sein.

Nur für den Fall …

Mittlerweile war der Gegenstand vollständig aus dem Boden aufgetaucht und ein Stück in die Luft gestiegen. Es war ein aus Blumen geflochtener Vogelbauer. Doch darin saß kein exotisches Federvieh, sondern am Boden des Käfigs lag reglos ein amselgroßes Wesen. Seine steingrau gefleckten Schuppen waren trocken und spröde, Risse zogen sich über seinen ganzen Körper. Die vielen schmalen Fiederflossen auf dem Rücken des Wesens zuckten nutzlos und das normalerweise kräftige Pulsieren der Schwanzflosse war schwach und unregelmäßig.

Ich erschrak, als ich erkannte, wer in dem Vogelkäfig lag: Es war Linjevu, die Quellnymphe, deren Gewässer das Leben des ganzen Waldes sicherte.

Und sie starb.

Völlig unterkühlt wachte ich auf. Mein Brustkorb hob und senkte sich so schnell, wie er es zuletzt bei der Flucht vor den unangenehmen Energieblitzen der Elfenkinder bei der letzten Sommersonnenwende getan hatte. Ich zwang mich, ruhiger zu atmen.

Langsam bewegte ich meine Flügel, um meinen Körper wieder auf Normaltemperatur zu bringen.

Sobald ich mich wieder warm genug fühlte, verließ ich entschlossen die Baumhöhle, in der ich geschlafen hatte.

Ich musste zum alten Baum.

Sofort.

Draußen zwängten sich die ersten Sonnenstrahlen über den Horizont. Gerade stimmten die Blaukehlchen in den Morgenchor ein. Von der Oberfläche des kleinen Teiches lösten sich zarte Nebelschwaden.

Unter anderen Umständen hätte ich mich auf einen Ast gesetzt und den Sonnenaufgang beobachtet. Jetzt aber sauste ich ohne Blick für den erwachenden Wald zwischen den Bäumen hindurch und bemühte mich, nicht zu stark zu beschleunigen.

Ich wollte nicht wissen, was geschah, wenn meine Flügel zu schnell aneinander rieben und unkontrollierbar große Flammen erzeugten. Der Wald war ohnehin trockener als in normalen Sommern, ich musste ihn nicht auch noch anzünden.

Über den Horrorszenarien von alles verschlingenden Flammen, an denen ich schuld war, verpasste ich es beinahe, an der dreistämmigen Birke abzubiegen.

»Guten Morgen«, sagte ich schüchtern und versuchte zu erkennen, ob der alte Baum schlief oder nicht.

Ein dumpfes Knarzen antwortete mir.

Einige Äste verbogen sich.

Der Baum war wach.

»Ah, Fiur.« Selbst der älteste Baum im Wald hielt nicht viel von mir, das ließ sein Tonfall erkennen. »Was ist so früh am Morgen denn schon so unglaublich wichtig?«

»Ich habe geträumt.«

Ein Zittern durchfuhr die mächtige Baumkrone, obwohl es windstill war.

»Wie bitte?«

Eine schneidende Stimme wehte hinter dem Baum hervor, Sekunden später folgte ihr die spindeldürre Gestalt von Velas.

Die Anführerin der Elfen bewegte ihre Flügel sachte, sodass sie nur ein paar Zentimeter vom Boden abhob und über den Wurzeln des alten Baumes schwebte. Sie musste eben erst erwacht sein, trotzdem war ihr kastanienbraunes Haar sauber gekämmt. Weiße Blütenköpfe zierten die vereinzelten schmalen, hüftlangen Zöpfchen.

Beim Anblick der Blumen zuckte ich zusammen, aber ich bewegte mich nicht von der Stelle. Ich wollte nicht den Eindruck erwecken, Velas' menschenhohe Erscheinung schüchterte mich ein, obwohl ich ihr höchstens bis zum Knie reichte.

»Velas«, knarzte der alte Baum warnend.

Die Elfe kniff die rosigen Lippen zusammen, ließ sich aber vom Oberhaupt des Waldes zurechtweisen. In ihren Augen glitzerte etwas, doch ich konnte nicht einordnen, was es war.

»Was hast du geträumt, Fiur?«, fragte der Baum.

»Feen träumen nicht«, lästerte Velas. »Und *Feuerfeen* gleich gar nicht. Dazu ist ihr Bewusstsein einfach nicht weit genug entwickelt.«

»Aus ebendiesem Grund hat der Traum einer Fee besondere Bedeutung«, grummelte der alte Baum.

»Wahrscheinlich ist sie einfach nur zu nah am Wasser gewesen. Du weißt, dass du das nicht verträgst, Fiur. Belaste den alten Baum nicht damit!«

»Das ist natürlich *eine* Möglichkeit, Velas«, überlegte der Baum.

»Das stimmt nicht!«, rief ich enttäuscht.

»Lass Fiur wenigstens erzählen, was sie glaubt, gesehen zu haben. Damit ihr Weg nicht umsonst war.«

Mehr konnte ich wohl nicht erwarten.

Es fiel mir schwer, mein Erlebnis in Worte zu fassen, denn der abwertende Blick der Elfe schien meine Zunge zu lähmen. Trotzdem gelang es mir, bis zum Ende kein einziges Mal zu stottern.

»Das klingt nicht nach einer Halluzination. Ich hoffe, dir ist klar, was das bedeutet.«

Mir war nicht klar, ob der Baum mit Velas oder mir sprach.

Die Elfe nickte mit saurer Miene.

Ich schüttelte den Kopf.

»Fiur, du kannst nicht träumen«, stellte der Baum klar. »Dass du trotzdem Bilder gesehen hast, bedeutet, dass dir jemand eine Vision geschickt hat. Nicht einmal Elfen sind magisch genug, um Visionen zu erzeugen. Dazu ist nur ein Wesen im Wald in der Lage.«

»Linjevu?«, riet ich.

»Ja. Dass sie in Gefangenschaft ist, erklärt den Wassermangel im Wald. Stirbt die Quellnymphe, vergeht auch ihr Gewässer. Du bist diejenige, der sie zutraut, sie zu retten, weil es ihr nicht aus eigener Kraft gelingt.«

Velas und ich reagierten gleichermaßen geschockt.

Meine Körpertemperatur sank.

»Das kann ich nicht!«

»Das kann sie nicht! Sie ist eine *Fee*! Sind nicht Elfen die fähigsten Wesen im Wald? Sollte nicht eine *Elfe* diese verantwortungsvolle Aufgabe übernehmen?«

Velas klang panisch. Offenbar fürchtete sie, ich könnte versehentlich den Wald anzünden. Das war, zugegeben, nicht ganz unwahrscheinlich. Allerdings stimmte ich ihr ausnahmsweise zu.

»Velas kann diese Aufgabe genauso gut übernehmen«, flehte ich.

Der alte Baum grummelte und knarzte so laut, dass ich glaubte, gleich bräche ein Ast und stürzte auf mich herunter.

»*Jeder* außer dir kann diese Aufgabe übernehmen«, giftete die Elfe.

»Linjevu hat Fiur gerufen«, donnerte der Baum. »Also wird Fiur gehen!«

Ich sackte in mich zusammen. In mir erwachte das plötzliche Verlangen nach einer saftigen Maus. Oder einem Nachtfalter.

»Wo soll ich denn suchen?«, fragte ich niedergeschlagen.

Der alte Baum ließ mir keine Wahl.

Und Velas würde sich mein Versagen sicher auch nicht entgehen lassen wollen. Wenn ich bei dieser Unternehmung starb, müsste ich ihre Schadenfreude wenigstens nicht erleben.

Mittlerweile stand die Sonne hoch am Himmel. Ein trockener Wind strich durch den Wald.

»Dort, wo du den Käfig gesehen hast. Und jetzt *geh*. Es eilt!«

Velas fuhr sich wütend durchs Haar. Sie machte sich nicht die Mühe, anmutig von dannen zu schreiten. Stattdessen sprang sie in die Luft und verschwand.

Hilflos warf ich dem alten Baum einen Blick zu, doch der schien wieder eingeschlafen zu sein.

Da fiel mein Blick auf einen unschuldigen weißen Fleck im dichten Moos.

Vorsichtig pflückte ich die kleine Blüte von der Wurzel und betrachtete sie genauer. Zuerst fiel mir nicht ein, woher mir die Pflanze bekannt vorkam, doch dann erinnerte ich mich: Die weißen Blumen auf der Lichtung mit dem Vogelkäfig. Ich kniff die Augen zusammen.

Diese verdammte Elfe wusste genau, wo sich die Lichtung befand!

Trotz dieser erschütternden Erkenntnis musste ich zuerst etwas essen. Der Hunger und meine instabile Körpertemperatur würden mich umbringen, bevor ich auch nur in der Nähe der Quellnymphe war.

Die Maus, der ich kurz darauf nachjagte, führte mich unbeabsichtigt in die Nähe der Elfensiedlung. Dabei handelte es sich um eine Handvoll betagter Buchen, die einen kleinen, momentan fast ausgetrockneten Wildbach säumten. In die Baumstämme zogen sich die Elfen zum Schlafen zurück.

Jedes Mal, wenn ich in meiner Schlafhöhle lag, beneidete ich sie um ihre Fähigkeit, mit den Buchen zu verschmelzen.

Eine Zeit lang hatte ich mich ausschließlich von Buchenblättern ernährt, in der Hoffnung, dadurch ähnliche Fähigkeiten zu erreichen. Doch ich bekam lediglich furchtbare Magenkrämpfe und Anzeichen von Unterernährung. Seitdem hasste ich Buchen.

Unter gefährlicher Steigerung meiner Flatterfrequenz erwischte ich die Maus schließlich und schlang das rohe Fleisch hastig herunter. Zum Grillen war später Zeit.

Falls ich später noch lebte.

Seufzend schwang ich mich wieder in die Luft. Etwas träge flog ich weiter. Die Buchen kamen in Sicht. Velas würde hier nicht sein, das wäre zu offensichtlich. Trotzdem war die Elfensiedlung mein einziger Anhaltspunkt.

»Komm schon! Velas hat gesagt, wir müssen uns beeilen!«

Eine helle Stimme kam von irgendwo zwischen den Bäumen hervor. Sie gehörte einer der halbwüchsigen Elfen, die mich zur Sommersonnenwende mit ihren Energieblitzen geärgert hatten. Sie trieb ihre Freundin zur Eile an, die sich in aller Seelenruhe das Haar bürstete.

»Wir haben noch genug Zeit, Clavi. So weit ist es doch nicht bis zur Zeremoniallichtung.«

»Aber Velas hat versprochen, dass wir bei den Elfenratssitzungen dabei sein dürfen! Willst du das verpassen, nur weil wir zu spät sind?«

Clavis Freundin steckte seufzend die Bürste weg.

»Eigentlich ist mir diese blöde Sitzung egal. Ich will nur ...«

Was sie genau wollte, verstand ich nicht. Denn die beiden Elfen hatten sich in die Luft erhoben und machten sich einen Spaß daraus, durch die dichten Baumkronen zu fliegen. Das Rascheln der Blätter übertönte die Worte von Clavis Freundin.

Kurzerhand beschloss ich, ihnen zu folgen.

Dabei überlegte ich fieberhaft, von welcher Zeremoniallichtung die beiden sprachen. Die einzigen Zeremonien, die im Wald abgehalten wurden, waren die Ehrungen unserer Quellnymphe zu den Tagundnachtgleichen.

Wurden die Elfen etwa übermütig und hielten ihre eigenen Zeremonien und magischen Rituale ab?

Clavi und ihre Freundin flogen lange. Aber vielleicht kam mir die Strecke auch nur so weit vor, weil die beiden Elfen sich ungewöhnlich langsam bewegten. Normalerweise hatte eine Fee kaum Chancen, mitzuhalten. Doch ich nahm das als gutes Zeichen und ließ mich zu einem Lächeln verleiten.

Das am wenigsten magiebegabte Wesen im ganzen Wald hatte von der magischsten aller Quellnymphen einen Auftrag bekommen.

Linjevu hielt *mich* für fähig!

Ein stürmisches Gefühl wallte in meiner Brust auf und ließ mein Grinsen noch breiter werden.

Ich brauchte einen Moment, um zu begreifen, was das war: *Triumph*.

Fiur, die Feuerfee, wird mehr gebraucht als die Elfen!

Übermütig vollführte ich einen Looping – und blieb verdutzt auf halber Umdrehung hängen.

Das Rascheln war verstummt und die Elfen nicht mehr zu sehen.

»Verdammt«, presste ich zwischen den Zähnen hervor und schlug aufgebracht gegen den herabhängenden Ast eines Baumes. Einige Blätter fingen Feuer, was nicht zur Besänftigung meiner Wut beitrug. Schnell ließ ich die Flammen auf meine Handflächen hüpfen und murmelte den Blättern eine Entschuldigung zu. Dann schaltete ich meinen Verstand ein.

Entweder waren die Elfen gelandet und bewegten sich nun zu Fuß fort oder wir hatten die Lichtung erreicht und ich brauchte sie nur zu finden.

Da das Elfenvolk es für unter seiner Würde hielt, sich länger als nötig auf dem Boden zu befinden, vermutete ich, dass sich irgendwo in meiner Nähe die Lichtung befand.

Und Linjevu.

Der Gedanke an die austrocknende Quellnymphe ließ mich panisch werden. Hektisch flatterte ich zwischen den Bäumen herum und wagte mich sogar in die Baumkronen hinauf.

Plötzlich tauchte vor mir ein Ast auf.

Ich konnte nicht mehr bremsen, knallte dagegen und taumelte halb besinnungslos durch die Luft.

Als es auch noch strahlend hell vor meinen Augen wurde, glaubte ich, endgültig weggetreten zu sein.

Vollkommen orientierungslos legte ich eine Bruchlandung hin.

Dass ich nicht tot war, erkannte ich wenige Momente später. Unter meinen zerknautschten Flügeln fühlte ich weiches Gras, und als sich meine Augen an das Licht gewöhnt hatten, starrte ich auf ein Meer aus weißen Blumen.

Benommen kämpfte ich mich auf die Beine und bewegte vorsichtig die Flügel.

Zum Glück waren sie nicht gebrochen und trugen mich ein Stück in die Höhe.

Meine Vermutung bestätigte sich – ich war aus dem Dämmerdunkel des Waldes auf die Lichtung gepurzelt, auf der diese Blumen wuchsen, die es nirgendwo sonst gab, außer in Velas' Haaren.

Es überraschte mich nicht, dass sowohl die Elfenanführerin als auch Clavi und ihre Freundin in der Mitte der Lichtung über einem Käfig schwebten.

»Fiur«, sagte Velas mit honigsüßer Stimme. »Da bist du ja endlich.«

»Was habt ihr mit Linjevu gemacht?«, rief ich laut und klang mutiger, als ich mich fühlte.

»Ihr eine Lektion erteilt. Du verstehst sicher, dass wir Elfen uns vor ihr ein wenig ... *ungerecht* behandelt fühlen.«

»Aber Linjevu behandelt doch alle gleich«, gab ich verwundert zurück.

»*Eben!* Wir sind nun mal die magisch begabtesten und damit besten Wesen im Wald. Wir verdienen mehr als ein läppisches Ritual zur Tagundnachtgleiche. Auf dieser Lichtung hat Linjevu erfahren dürfen, dass wir mit unseren eigenen Zeremonien durchaus in der Lage sind, auch dem angeblich stärksten Wesen im Wald zu schaden. Das wird ihr eine Lehre sein, uns in Zukunft so wertzuschätzen, wie wir es verdienen!«

»Dann lasst ihr sie wieder frei und alles wird gut«, stellte ich erleichtert fest.

»Nicht so schnell«, schaltete sich Clavi ein. Es machte mir Angst, wie sie mich bei diesen Worten ansah.

»Dass Linjevu stark genug ist, um Visionen zu schicken, war nicht eingeplant. Du kennst die Wahrheit, Fiur. Das ist ein wenig hinderlich. Wir wissen, dass du keine Freunde hast, aber du könntest doch in die Versuchung geraten, zu plaudern.«

Schlagartig wurde mir die Bedeutung dieser Worte klar.

Ich verfluchte mich dafür, dass ich nicht wie die Elfen rückwärts schweben konnte.

»Ihr wollt mich ... töten?«

»Na, na, ›Töten‹ klingt so böse«, zwitscherte Velas. »Nennen wir es lieber ›Den Wald von der Gefahr des Feuers befreien‹. Das ist doch viel schöner.«

»Aber Linjevu weiß doch auch Bescheid«, rief ich panisch.

»Linjevu wird schweigen. Sie lernt gerade ihre Lektion.«

Velas deutete auf den Käfig.

»Jetzt bist *du* dran!«

Ich warf mich herum und ergriff die Flucht.

Sofort nahmen Clavi und ihre Freundin die Verfolgung auf.
Mir war klar, dass die Elfen schneller sein würden als ich.
Mir war klar, dass ich sterben würde.
Dann würden die Elfen Linjevu zum alten Baum bringen, sich als Retter der Quellnymphe und des ganzen Waldes präsentieren und von meinem tragischen Tod berichten.
Der Gedanke an den Triumph, den Velas verspüren würde, ließ mich wütend werden. Die Wut brodelte heiß in meiner Brust und erfüllte meinen ganzen Körper.
»Stopp!«, hörte ich Clavi hinter mir rufen, doch ich erhöhte mein Tempo nur noch. Sollten diese eingebildeten Elfen ruhig sehen, dass ich nicht einfach abwartete, bis sie mich umbrachten.
Erst, als ich die Hitze auf meinem Rücken spürte, wurde mir klar, welch riesigen Fehler ich gemacht hatte und warum mich die Elfen nicht einholten.
So schnell wie jetzt war ich noch nie geflogen, weil meine Flügel dann unkontrollierbare Flammen erzeugen.
Ein Blick über die Schulter bestätigte meinen ungeheuren Verdacht – ich zündete gerade den Wald an!
Mein Fluchtweg von der Lichtung stand in Flammen.
Die Lichtung.
Linjevu!
Ich legte eine perfekte Kehrtwende hin und flog geradewegs in das Feuer hinein.
Die Elfen waren nirgendwo zu sehen. Obwohl ich sie hasste, hoffte ich doch, dass sie hatten fliehen können.
Aber die Quellnymphe saß in einem magischen Käfig fest!
Die Lichtung brannte bereits vollständig, als ich sie erreichte.
Es war zu spät.
Ich hatte Linjevu umgebracht.
Der ganze Wald würde sterben.
Verzweifelt sauste ich zwischen den brennenden Gräsern hin und her, dann flog ich entmutigt aus dem Feuer heraus über die Lichtung.

Da entdeckte ich einen kleinen Fleck mitten im Flammenmeer, der nicht brannte.

Den Fleck, an dem der Käfig gestanden hatte!

Ich stürzte mich wieder in das Feuer.

Die Flammen leckten an den Pflanzen, aus denen Linjevus Gefängnis bestand.

Die Magie der Elfen bildete eine Kuppel aus Energie über der Quellnymphe und schützte sie.

Doch an vielen Stellen taten sich bereits Löcher auf, bald würde auch der Käfig brennen.

Ich musste sie befreien!

Doch selbst wenn ich die Elfenmagie durchbrechen könnte, hatte ich keine Chance – mittlerweile war ich selbst mehr Feuer als Fee, mein ganzer Körper brannte.

Ich würde sie töten.

Plötzlich hörte ich, wie jemand meinen Namen wisperte.

Ich sah genauer hin.

Linjevus Lippen bewegten sich.

»Was soll ich tun?«, rief ich verzweifelt.

»Nimm den Käfig«, hauchte die Quellnymphe schwach. »Er wird standhalten.«

Ohne lange nachzudenken tat ich, was sie mir befahl.

Es kostete mich unendlich viel Energie, den Käfig von den Fesseln aus Elfenmagie loszureißen, doch das Feuer hatte sie bereits so weit geschwächt, dass es mir gelang.

Ich flog mit dem zerfallenden Käfig aus den Flammen heraus.

Hoch oben über der Lichtung sah ich mich nach einer Stelle um, an der kein Feuer wütete.

Mein Blick fiel auf den kleinen See.

Schaffte ich es bis dort hin?

Ein Ruck durchfuhr mich, als einer der Pflanzenstränge nachgab, an denen ich den Käfig festhielt.

Zum zweiten Mal an einem Tag trieb ich mich zum feuerbringenden Schnellflug an, doch ich war hoch genug in der Luft und entzündete nicht noch mehr.

Der See kam in Sicht.

Ich wollte erleichtert aufatmen, als es wieder an meiner Hand ruckte.

Der Käfig zerfiel.

Verzweifelt bewegte ich meine Flügel noch schneller, die Hitze wurde selbst für mich fast unerträglich.

Mit meiner eigenen Körperwärme ließ ich den Magieschild noch weiter zerfallen.

Gleich würde ich Linjevu selbst anzünden.

Kurz bevor mir der Käfig endgültig in den Händen zerfiel, warf ich ihn von mir und verlangsamte augenblicklich meinen Flug.

Wie in Zeitlupe verfolgte ich, wie der Käfig vom Himmel stürzte.

Ich ließ mich tiefer sinken und riss die Augen auf.

Der See lag vor mir.

Nicht unter mir.

Linjevu würde auf dem Boden aufprallen, statt ins rettende Wasser einzutauchen.

Ich hatte sie umgebracht!

Im Moment meiner Erkenntnis durchbrach der Käfig die ersten Baumkronen und verschwand aus meinem Blickfeld.

Ich konnte ihn nicht mehr einholen.

Fest entschlossen, mich selbst zu verbrennen, ging ich in den schnellsten Sturzflug meines Lebens.

Doch die Flucht vor den Elfen und Linjevus vermeintliche Rettung hatten mich zu viel Energie gekostet.

Meine Flügel schlugen langsamer.

Ich wurde ohnmächtig, während ich wie ein Stein vom Himmel stürzte.

Ich kam wieder zu mir, weil mein Körper vor Schmerz schrie. Vom Selbsterhaltungswillen getrieben versuchte ich, meine Flügel zu bewegen, doch sie klebten zusammen.

Weil sie *nass* waren!

Ich begann, mit Armen und Beinen zu strampeln und erreichte das Ufer von einem der vielen kleinen Zuflüsse, die den Waldsee speisten.

Kaum hatte ich das Wasser verlassen, ging es mir besser.

»Schön, dass du wieder wach bist«, sagte eine Stimme.

Erschrocken sah ich mich um, konnte aber niemanden entdecken.

»Im Wasser«, verriet die Stimme mit einem Lachen. Dann fügte sie ernster hinzu: »Dich hätte es fast getötet, aber mir hat es das Leben gerettet.«

Ich starrte in den Bach.

Kleine kreisförmige Wellen gingen von einem Punkt aus, den ich beinahe nicht entdeckt hätte.

Dort paddelte eine Nymphe.

»Linjevu?«

Mir blieb vor Überraschung fast die Luft weg.

»Ja, Fiur. Du hast mich in den Bach geworfen und mir das Leben gerettet.«

»Ich … habe dich nicht umgebracht?«

»Offensichtlich nicht.« Die Quellnymphe lächelte.

»Aber der Wald … ich hab ihn angezündet …«

»Sobald ich wieder genug Kraft hatte, habe ich das Feuer dort erstickt, wo es gesunde Bestände bedrohte. Aber deine Flammen haben auch dort gewütet, wo die Bäume krank waren. Jetzt kann der Wald wieder gesund werden und neu erstarken.«

»Und was ist mit den Elfen?«

»Ihnen ist nichts passiert«, beschwichtigte mich die Nymphe. »Sie sind im Moment beim alten Baum und beichten alles. Du solltest ihnen lieber nicht erzählen, dass ihr Handeln aus Versehen dazu beigetragen hat, den Wald zu heilen.«

»Sie werden mich nie vergessen lassen, dass ich sie beinahe umgebracht hätte«, bemerkte ich niedergeschlagen.

»Falsch, Fiur. Sie werden dich für immer in Ruhe lassen. Die Elfen sind Kreaturen der Magie, aber du bist ein Wesen der Natur. Verstehst du, dein Feuer kann ihre Magie bezwingen. Deswegen habe ich *dir* die Vision geschickt. Von nun an werden die Elfen dich mit Respekt behandeln und nie wieder ärgern. Wasser verträgst du schließlich trotzdem nicht!«

Ich hatte zu zittern begonnen wie das trockene Laub im Herbst, mich aber nicht getraut, die Flügel zu bewegen.

»Brenne ich noch?«, fragte ich vorsichtig.

»Nein. Und du wirst es auch nie wieder, wenn du vorsichtig bist.«

Langsam rieb ich meine Flügel aneinander. Augenblicklich wurde mir wärmer.

Das widerliche feuchte Gefühl auf meiner Haut verschwand.

Ich fühlte mich langsam wieder wie eine Feuerfee.

Wohlig seufzte ich.

»Es ist Zeit für eine gegrillte Maus, meinst du nicht auch?«, fragte Linjevu.

Ich nickte. Das war das Mindeste, was ich mir nach diesem Tag verdient hatte.

Noch etwas zittrig erhob ich mich in die Luft und winkte der Nymphe zum Abschied.

»Auf Wiedersehen, Fiur. Und danke.«

Liv Modes ist 1997 geboren. Nach beendetem Abitur konvertierte sie vom Land- zum Stadtleben und zog nach Berlin. Das Schreiben ist ihr Experimentierfeld, auf dem sie Buchstaben miteinander reagieren lässt, Sätze in die Luft sprengt und nach der idealen Verbindung von Idee und Wort sucht. Ihr erster Roman »ANXO: Zwischen den Sphären« ist im Herbst 2016 im Eisermann Verlag erschienen.

Sinje Blumenstein

Goldfischchen

»Mamtschi, ich geh malen!«, rief Clara, schon mit einem Fuß zur Tür hinaus.

In der Küche klirrte es. Claras Mutter hatte wohl das Besteck ins Spülbecken plumpsen lassen.

»Moment, Moment! Wohin willst du so früh?«, rief sie. So schnell konnte Clara doch nicht entwischen.

Das Mädchen schwenkte seinen alten Grundschulturnbeutel hin und her. Ungeduldig schliff die Schachtel mit den Tubenfarben darin heftig über Malblock und Aufbewahrungsmappe. Die Plastiktüte voller Stifte klopfte gegen die Wasserflasche.

»Auf'n Kuhberg. Die Wiese sieht bestimmt toll aus«, erklärte Clara und fügte hinzu: »Toby kommt mit. Sein Pa hat ihm endlich beigebracht, wie man eine Flöte schnitzt. Das will er mir unbedingt zeigen.«

Clara verdrehte die Augen, als sie sah, dass ihre Mutter ihre Sandalen ins Visier nahm. Da hatte die Mallust glatt für die falschen Schuhe gesorgt, aber an Mamtschi ließ sich so gut wie nichts vorbeischmuggeln.

»Zieh Gummistiefel an!«, wurde Clara ermahnt. »Und nehmt die Picknickdecke mit, damit ihr nicht zu nass werdet!«

Clara war aufgeregt. Wollte schnellstmöglich zwischen funkelnden Spinnweben und unzähligen diamantenen Löwenzahnkügelchen sitzen und malen. Sie gehorchte aber, indem sie brav in ihre quietschbunten Gummistiefel schlüpfte.

Ihre Mamtschi hatte schon recht: Gerade hatte der September begonnen. Seit einer guten Woche war die Affenhitze vorbei. Auf der Kuhbergwiese glitzerten sicherlich Millionen von Tautropfen, während der Wind morgens dem Spaziergänger frech in alle Glieder fuhr.

Wenn Mitte der nächsten Woche die Schule wieder begann, wollte Clara ihren Freundinnen nicht verschnupft von ihren

Sommerferien berichten. Zu sehr freute sie sich vor allem auf Mae, die den Sommer lang wie eine Biene ihrem imkernden Vater hinterher gesummt und nicht zu Gesicht zu bekommen gewesen war.

Ehe Clara die Treppe hinunterhüpfte, um Toby abzuholen, schnappte sie sich Malbeutel und eingerollte Decke und tupfte ihrer Mutter ein Küsschen auf die Nase.

»Bis daann!«, flötete sie.

»Seid um zwölf wieder da«, erinnerte ihre Mutter sie noch, bevor sie die Tür schloss und sich weiter dem Sonntagmorgenabwasch widmete.

Toby maulte leise vor sich hin. Sein Taschenmesser ließ er auf und zu schnappen, sodass Clara immer wieder erschrocken von ihrem Block hochsah, besorgt, er könne sich verletzen. Dass die Rehe in Sichtweite ihr ausgedehntes Frühstück aufgrund des Geräuschs nicht unterbrachen, war für Clara ein reines Wunder.

»Ich bin doch fast fertig«, beschwichtigte sie ihn.

Der Wind war zu frisch, als dass er die Farbe schnell trocknen konnte. Wie Wäsche, die in feuchtem Nachtwind flattert, blieb das Papier klamm. Feuchtigkeit schimmerte auf Himmel und Wiese. Das Braun der Rehe verlief hier und da leicht. Den Feinarbeiten wollte Clara sich erst zu Hause widmen. Die Nebelschwaden, die sie unten im Tal erkennen konnte, würden sich jetzt nur zu matschigem Brei mit der Wiese vermischen.

Mit verschränkten Beinen saßen die Kinder auf der wasserdichten Picknickdecke. Trocken. Der Wind störte sie nicht. Clara genoss ihre erhabene Position, fühlte sich groß, konnte alles überschauen.

Die Landschaft vor ihnen hatte unter den Sommerunwettern gelitten. Die Wege zur großen Wiese waren nach dem Starkregen wieder geräumt. Die unerbittliche Sonne der vergangenen vier Wochen hatte längst die letzte Nässe aufgeleckt. Ungeschütztes Erdreich aufgerissen, ihm ein Großmuttergesicht verliehen, voller Furchen, Lebenslinien eines Sommers. An den Wegrändern ragte Wilde Möhre zerbrechlich dürr zwischen Gräsern, den

Überlebenskünstlern der Jahreszeiten. Feuchtigkeit spendete inzwischen nur noch der Tau, der den Spätsommer einläutete.

Doch unten in der Senke, wo sonst ein Bächlein sprudelte und Wildschweine ihre Suhle hatten, überwog Verwüstung. Die Morgensonne küsste zwar das Laub, das hier und da schon die Farbe wechselte. Der Nebel aber, der über abgebrochenes und umgestürztes Holz schwappte wie überkochende Suppe, hinterließ ein Flattern in Claras Magengrube. Fast abweisend lag das Tal vor den Kindern wie ein dampfender Kessel der Urwüchsigkeit. Vergessen von menschlichen Händen, als wollte der Wald sein Terrain neu gestalten.

»Ich will da noch runter!«, beharrte Toby.

Clara schüttelte den Kopf und beobachtete, wie die drei Rehe, die eben noch in sicherer Entfernung auf der Wiese geäst hatten, von Tobys lauter Stimme aufgeschreckt nun doch in den Nebel sprangen. Bevor sie ganz von ihm verschluckt wurden, sah es aus, als schwömmen sie in fasriger Zuckerwatte. Schade, dachte Clara, nun sind sie weg. Nur noch als braune Kleckse auf ihrem Bild gab es sie.

»Ne, da ist es bestimmt zu unwegsam.« Clara schämte sich ein bisschen für ihr Mädchengejammer, aber ihr taten in den Gummistiefeln die Füße noch vom Herweg weh. Außerdem wollte sie lieber schauen. Wenn sie Malerin werden wollte, müsse sie alles vor ihren Augen tief in sich einsaugen wie ein Schwamm, hatte ihre Lehrerin gesagt.

»Weiden gibt's aber nur da unten!«, wusste Toby mit scharfem Ton, gestand dann aber: »Ich will dir doch eine Flöte machen.«

Clara grinste, als sie ihn ansah und feststellte, dass seine Wangen die Farbe des Lieblingshibiskus ihrer Mamtschi annahmen. Großzügig gab sie sich geschlagen, ließ sich von Toby drängen. Schließlich schwenkte sie ihre Pinsel energisch durch die Wasserflasche, prüfte, ob ihr Bild endlich trocken war, legte es vorsichtig in die mitgebrachte Mappe und packte ihre restlichen Utensilien ein.

Bevor sie Toby die Wiese hinunter folgte, blieb Clara kurz stehen. Hypnotisiert blickte sie in die reglosen Nebelbänder, ließ sich von ihrem silbrigen Funkeln einlullen.

»Faszinierend«, murmelte sie in die morgendliche Ruhe.

Der Nebel war faszinierend, aber unheimlich. Clara stand mittendrin und fröstelte, während Toby auf dem Holz herumkletterte und nach einem geeigneten Zweig suchte. So schwierig kann das doch wirklich nicht sein, ging es Clara durch den Kopf. So ein Aufhebens für eine kleine Flöte. Aber Toby war ja bekannt für seine geheimnisvolle Art.

Als sie den Jungen nicht mehr sehen konnte, rief sie: »Du, Toby, wo ist denn der Bach hin?«

Sie war sich sicher, dass sie mitten im Bach stand. Aber weder ein Plätschern noch ein Rauschen war zu hören. Nur Tobys Schritte. Nur ein kleines Knacken hier, ein Schmatzen da. Ganz schwach, da der Boden nicht überall schlammig war.

»Tobias Ebert, wenn du nicht sofort hier wieder auftauchst …«, maulte sie jetzt, biss sich aber gleich auf die Unterlippe, weil sie an ihre Freundin Mae dachte. Mae hatte nirgends in der Natur auch nur einen Hauch von Angst, obwohl sie als Sechsjährige bei einem Spaziergang von ihren Eltern abgekommen war und sich verirrt hatte.

»Hab dich nicht so!«, befahl sich Clara und straffte die Schultern, bis sie von rechts Tobys Stimme hörte.

»Ich tipp mal auf ausgetrocknet oder …«, antwortete er endlich, bevor ein Krachen weitere Worte verschluckte.

»Toby!«, schrie Clara auf.

Doch schon trat ihr Freund wieder aus dem Nebel. Vollkommen verdreckt, mit einem diebischen Grinsen auf den Lippen und einen langen Zweig triumphierend in der Hand schwenkend. Clara erholte sich rasch von ihrem Schreck. So war Toby eben. Hartnäckig. Abenteuerlustig sowieso. Und er piesackte Clara ganz gerne einmal. Es war klar, dass sie darauf reinfallen und sich von ihm ordentlich erschrecken lassen würde. Belustigt betrachtete sie ihn von seinem zerzausten Aschschopf bis zu den vom Morgentau durchnässten Turnschuhen, deren Farbe allerdings nicht mehr zu erkennen war. Fröhlich setzte er zum Sprung an, um die einzige Pfütze weit und breit zu überwinden.

»Halt!«, stoppte ihn Clara. »Wart mal! Da liegt was!«

Sie löste sich aus ihrer Starre und tastete sich vorsichtig über die dünne, aber rutschige Matschschicht, die an anderer Stelle offenbar auch Toby schon zum Verhängnis geworden war, wie seine Hose vermuten ließ.

»Au Backe«, staunte Toby vor der Pfütze kauernd. »Das is'n Goldfisch. Wo kommt der denn her?«

Clara fuhr sich mit den Fingern durch ihre kurzen braunen Locken. Der Goldfisch sah sie direkt an, da war sie sich ganz sicher. Das ihr zugewandte goldumrahmte Auge blickte nicht ins Leere, sondern unmittelbar zu ihr hinauf. Sollten seine Augen nicht dunkler sein? Das Tierchen war rundum regelrecht blass, während sein Maul mechanisch langsam auf und zu schnappte. Über seinen Rücken hatte sich ein Eichenblatt gelegt, als wollte es ihn zudecken, weil das Pfützenwasser, so flach wie es war, es nicht mehr konnte.

»Wahrscheinlich aus dem Süßen See«, mutmaßte Clara und dachte so angestrengt nach, dass sich ihre Stirn zwischen den Augenbrauen zu einem auf dem Kopf stehenden U faltete. »Ja, im Süßen See gibt es Goldfische. Als ich das letzte Mal mit Mamtschi und Paps dort war, hab ich mindestens zehn gezählt.«

Toby bedachte sie mit einem amüsierten Ausdruck. Seine linke Augenbraue schlug einen neckischen rechten Winkel.

Clara winkte ab. »Ja, ja, ich weiß. Wer nennt schon mit elf seine Mutter noch Mamtschi? Ist doch schnurzpiepe. Wichtiger ist: Was machen wir jetzt mit dem Goldfisch? Der ist doch noch so klein!« Sie streckte die Hand aus, hielt aber inne, weil sie sich erinnerte, dass Fische keine Streicheltiere sind.

»Na, wir bringen ihn zum Süßen See!«, entschied Toby in einem Ton, der verriet, dass es gar keine Alternative gab. Entschlossen griff er nach dem Fischchen, aber Clara legte abweisend ihre Hand auf seine.

Stumm öffnete sie ihren Malbeutel und kippte den Inhalt neben die Pfütze, bis sie fand, was sie benötigte.

Sie konzentrierte sich so sehr, dass es einem kleinen Schmetterling gelang, sie zu erschrecken. Vor ihrer Nase flügelte etwas Violettes so schnell vorbei, dass ihr das Plastiktütchen samt Pinseln aus der Hand glitt und in die Pfütze platschte. Instinktiv sah sie dem Falter nach, doch er wurde so schnell vom Nebel verschluckt wie zuvor noch die Rehe. Clara schüttelte den Kopf.

Sie entleerte die Tüte und schob sie behutsam über den kleinen Fisch, darauf bedacht, auch genug von dem wenigen Wasser mit einzufangen. Dann reichte sie Toby die Tüte, damit sie ihre Utensilien wieder einpacken konnte. Das Fischchen konnte sie jedoch nicht aus den Augen lassen. Für einen Augenblick glaubte sie sogar, es lächeln zu sehen.

»Sieh dir das an! Der ganze Bachlauf ist furztrocken!«, stellte Toby atemlos fest, als sie gut die Hälfte des Weges zum Süßen See zurückgelegt hatten. »Ich meine, viel Wasser hat die Wiesel ja nie, aber vielleicht ist irgendwo ein Baum umgefallen und versperrt nun alles.« Toby stolperte beim Grübeln.

Clara aber war abgelenkt: Der Nebel war nun verschwunden. Nur ein paar Schmetterlinge tanzten vor den Kindern durch die Luft. Dazwischen ein strahlend violetter. So einen hatte Clara noch nie gesehen. Viel größer als die anderen war er. Ein Riese zwischen Zitronen- und Aurorafaltern. Und ein verdammt schneller noch dazu. Wann immer Clara einen näheren Blick zu erhaschen versuchte, düste er davon.

Clara hielt inne, und als auch Toby stehenblieb, nahm sie ihm den Goldfisch ab, um ihn im Sonnenlicht zu betrachten. Die Sonne stand jetzt höher. Strahlte den Fisch an, konnte seinem Orange aber nicht die Blässe nehmen. Sie mussten sich beeilen.

»Weißt du, wie lange es her ist, dass ich am Süßen See war?«, flüsterte sie mehr zu dem Fisch als zu Toby. »Im März war das«, erinnerte sie sich. Ein bisschen wehmütig, denn sie liebte den großen See, ihr Lieblingsmotiv. Unzählige Bilder hatte sie schon von ihm gemalt, und manchmal verzauberte sie ihn sogar. Schenkte ihm Nixen und Wassergeister. Nur Claras Eltern und Mae verzogen beim Betrachten die Lippen nicht zu einem ironischen Grinsen. Allein war sie allerdings bisher noch nie am Süßen See gewesen.

Die Kinder eilten weiter. Tobys Füße gaben Schmatzgeräusche von sich, und Clara schwitzte, obwohl Toby ihr bereits das »Gepäck« abgenommen hatte.

»Was, wenn im See auch kein Wasser ist?«, wandte sie sich an ihren Freund und hielt inne. Für einen Moment schienen auch ihre Begleiter, die Schmetterlinge, erstarrt.

»Nein, das glaube ich nicht!« Toby gab ihr einen optimistischen Klaps auf den Rücken und schob sie sacht weiter. »Die mickrige Wiesel ist doch nicht sein einziger Zufluss, oder hast du die Trutta vergessen? Und überhaupt: Meinst du nicht auch, dass die Zeitung berichtet hätte, wenn der Süße See ausgetrocknet wäre? Der ist ja nun echt kein Geheimversteck!«

Das stimmte. Dennoch konnte Clara die Sorge nicht abschütteln. Sie hoffte inständig, dass die Goldfischfamilie genug Wasser hatte und überhaupt noch dort war. Alles andere wurde unwichtig. Auch, dass sie zu spät nach Hause kommen würden.

Längst hatten sie die riesige Kuhbergwiese hinter sich gelassen, waren über Stämme geklettert, und inzwischen war vom Wald nichts mehr zu sehen. Flurholzstreifen säumten den Weg neben dem Bachbett, dessen dunkles Braun wieder etwas Feuchtigkeit verriet.

Toby hüpfte in die Büsche. Clara nutzte die Gelegenheit, um sich in deren Schatten ins saftgrüne Gras zu setzen. Wie fleißig doch der Tau ist, kam es ihr in den Sinn, die Wiesen rettet er immer. Sie hob sich die Tüte mit dem Goldfisch vors Gesicht und lächelte.

»Wir sind bald da«, murmelte sie ihm aufmunternd zu.

Vorsichtig öffnete sie das Tütchen, ließ Hitze entweichen und betrachtete das Fischmäulchen, das zu ihr zu sprechen schien. Magisch angezogen, hielt sie ein Ohr über die Tüte. Nichts zu hören. Nur Tobys Krach, als er mit zwei Händen voll Pflaumen unter den störrischen Zweigen der knorrigen Bäume hervorkroch.

»Guck nicht so! Ich hab gekostet – die sind noch okay«, nahm er Claras skeptischem Blick den Wind aus den Segeln und reichte ihr die magere, aber unerwartet süße Wegzehrung. Viel Zeit ließ er ihr jedoch nicht, denn kaum war der letzte Stein ins Gras gespuckt, half er ihr auch schon wieder auf die Beine. »Na komm, die zehn Minuten schaffen wir auch noch!« Vergessen war der maulende Toby und sein schnappendes Taschenmesser. Nun war sein Grinsen wie immer aufmunternd und ließ die Füße schneller werden.

»Gott sei Dank!«, entfuhr es Clara, als sie das Seeufer erreichten.

Staubiger Dunst waberte über die trockenen, leeren Felder am anderen Ufer, die Luft am Wasser jedoch war frisch und einladend. Hinter einem schmalen Streifen Seegras tummelten sich Fischchen in allen Nuancen von Rot und Orange. Näher wagten sie sich jedoch nicht.

»Du bist zu Hause«, flüsterte Clara ihrem Goldfisch zu, hockte sich hin und ließ ihn frei. Doch er verharrte im seichten Uferwasser. Bewegte sich nicht. Lediglich sein fächerartiger Schwanz wogte kaum merklich mit den schwachen Wellen. Claras Gesichtsausdruck zerfiel in Scherben der Sorge.

Langsam kniete sich Toby neben Clara, nahm ihr die leere Tüte aus der Hand.

»Lass ihm Zeit!«

Toby konnte einfach nichts aus der Ruhe bringen. Er drückte leicht Claras Schultern, stand wieder auf und zog sich zurück, als wollte er dem Mädchen und dem Fisch einen intimen Moment des Abschiedes einräumen.

»Nun schwimm schon los, kleiner Mann!«, murmelte Clara.

Vorsichtig zog sie die Finger durchs Wasser, wollte den Fisch mit kleinen Wellen anstupsen. Dann spürte sie sein Mäulchen an ihrem Zeigefinger. Wie einen getupften Kuss, genauso, wie sie ihre Mamtschi immer auf die Nase küsste.

»Sie ist ein Mädchen«, säuselte das Schilf, und Clara sah sich verwundert um.

Als sie zurück auf ihre Finger blickte, war das blass orangefarbene Fischchen verschwunden. Weich umschloss eine fremde Hand ihr Handgelenk. Gläsern transparent, feuchtwarm wie der See lag sie auf Claras Haut. Das Mädchen erschrak nicht, sondern verspürte ein liebevolles Kribbeln, während die Hand seinen Arm nach oben und über seine Schultern wanderte und schließlich flach auf seiner Wange verweilte. Eine zweite Hand kam hinzu, um das Gesicht des Mädchens sanft zu umschließen, zwang es – ganz sacht nur –, nach vorn zu sehen. Clara klappte der Unterkiefer herunter, als sie in ein Augenpaar blickte, das so blau war wie der schönste Maihimmel während der Kirschblüte. Augen, die sie aus einer Gestalt heraus anlächelten, die in der Spätsommersonne wie wässriges Glas schimmerte.

»Ich danke dir, dass du meine Tochter zurückgebracht hast«, flüsterte die Frau, in der Stimme ein leises Plätschern.

Clara schloss und öffnete den Mund, doch ihr beabsichtigter Ruf nach Toby blieb aus. Stattdessen stammelte sie: »Ddd-der Fisch i-ist ddd-deine Tochter? Was ... was bist du?«

Fast wäre das Mädchen in seiner Überraschung ins Wasser gerutscht, doch die transparente Frau stützte sie fester, als ihr wasserfallgleiches Aussehen vermuten ließ.

Sie schüttelte kaum merklich den Kopf, dennoch spritzte Clara feiner Sprühregen auf die Nase. Der Finger der Frau lag auf Claras Mund.

»Ihr habt so viele Namen für uns. Nymphen, Najaden, Wassergeister ... höre ich euch manchmal sagen. Limnaden gefällt mir weniger. Das klingt wie eines eurer Getränke. Findest du nicht auch?« Sie lächelte. Zunächst fast verschwörerisch, dann aufmunternd. »Such dir einen Namen aus, kleine Malerin!«

Clara war erstaunt. »Du kennst mich?«

»Natürlich. Wir beobachten euch Menschen genau. Über den See zu wachen, ist unsere Aufgabe. Wir sind an ihn gebunden. Verschwindet er, werden auch wir verschwinden.« Die Frau hatte

Claras Gesicht längst losgelassen und umspannte inzwischen ihre Hände. »Wir alle sind dir sehr dankbar, dass du unser jüngstes Glied zurückgebracht hast. Je mehr es von uns gibt, umso besser geht es dem See – und euch.«

»Aber das war doch Tobys gute Idee«, berichtete Clara eifrig, bevor sie nachhakte: »Wie ist die Kleine überhaupt aus dem See herausgekommen?«

Ein kristallenes Lachen ließ die Frau vernehmen. Milde klang es. Fast wie Mamtschis, wenn sie Clara kleine Fauxpas nachsah. »Neugierig war sie. Genau wie du, kleine Malerin, als uns einmal besuchen wolltest.«

Lächelnd nickte das Mädchen. In der Tat. Als Dreijährige war Clara neugierig auf die Fischchen gewesen und ins Wasser geplumpst. Sie selbst konnte sich nicht erinnern, aber ihr Paps hatte ein Foto von der triefnassen Clara ins Album geklebt und die Geschichte mit vielen Smileys in seiner steil-krakeligen Handschrift daneben geschrieben.

»Ich verrate dir ein Geheimnis«, flüsterte die Frau weiter, und obwohl sie nahezu durchsichtig war, konnte Clara in ihrem Gesicht genau erkennen, dass sie sie inständig zur Wahrung dieses Geheimnisses ermahnte. »Wir können uns in alle Wassertiere und -pflanzen verwandeln, um euch zu beobachten. Und uns gleichzeitig zu verbergen. Wir bewachen und schützen unser Gewässer, aber wir bestrafen auch all jene, die ihm schaden. Ihr sollt uns nicht erkennen, zu wenig glaubt ihr noch an uns. So sehr wir auch zu eurer Welt gehören. Unsere Kleine jedenfalls muss noch üben. Sie schaffte es nicht, sich als Pflanze tief am Grund des Sees festzuklammern, als der Regen den See über die Ufer wusch. Wir anderen kamen nicht weit. Zu schwach werden wir, je weiter wir von unserem Gewässer entfernen. Als die Trockenheit kam, mussten wir selbst Schutz suchen.«

»Geht es ihr denn jetzt wieder gut? Sie war so blass!« Clara war besorgt.

Eine Antwort blieb die Frau ihr schuldig, denn zum Beweis tummelte sich ein gutes Dutzend kleiner und größerer Goldfische dort, wo die Beine der nackten Silhouette der Wasserfrau mit dem See verschmolzen. Auch das kleinste Fischchen sah nun gar nicht mehr blass aus und vollführte sogar einen kleinen Tanz. Ein Knattern riss Clara aus ihrer Betrachtung. Ein Quad näherte sich.

»Sag dem Jungen, er soll der Weide zuhören, dann gibt sie ihm den Zweig, den er benötigt«, wusste die Frau und zeigte mit ihrem schimmernden Finger zu einem Baum unweit des Ufers. Dann fiel ihre zierliche Gestalt zusammen, glitt lautlos in den See zurück, als habe er sie aufgesogen. Mit einem Mal war nichts mehr zu sehen. Kein Fisch. Nicht einmal Wellen. »Komm bald wieder, kleine Malerin!«, säuselte das Schilf, bevor das Motorengeräusch noch näher kam.

»Da bist du ja!«, rief Mae, sprang, kaum stand das Gespann still, vom Hänger und eilte auf Clara zu. Ihr Vater Andreas saß auf dem Quad und stieß erleichtert Atem aus. Er strich sich durch sein Haar, das bereits von silbriggrauen Fäden durchzogen war. Ein paar Bienen umschwirrten ihn. Ruhig griff er nach seinem Handy, um eine Nummer einzutippen.

»Mensch, deine Mutter macht sich richtig Sorgen!«, mahnte Mae ihre Freundin. »Ich bin ja so froh, dass mir … gesagt … ich meine, dass ich mir gleich denken konnte, wo ihr seid. Äh … wo ist eigentlich Toby?«, wunderte sich das quirlige Mädchen, das fast einen Kopf kleiner war als Clara.

Toby? Ihn hatte Clara völlig aus den Augen verloren. Ein Blinzeln lang nur hatte sie an ihn gedacht, weil sie den Dank der Limnade nicht für sich allein verbuchen wollte. Sie sah sich um, konnte aber seinen aschblonden Schopf nirgends entdecken. Wahrscheinlich kletterte er in den Weiden herum, denn andere Verstecke gab es rund um den Süßen See nicht.

»Er sucht bestimmt immer noch nach einem Weidenzweig«, mutmaßte sie laut, bevor sie mit aller Kraft nach ihrem Freund rief.

Keine Reaktion.

Stumm folgte Clara Mae zum Quad. Wie immer, wenn sie im Freien war, hüpfte Mae mehr, als dass sie ging. In ihrem struppigen Kurzhaarschnitt wippte etwas, das wie ein violetter Schmetterling aussah. Den hab ich doch schon mal gesehen, kam es Clara in den Sinn. Doch wie zuvor schon entzog sich der Schmetterling immer wieder ihrem genaueren Blick. Einmal meinte sie sogar, ein schmächtiges Ärmchen erhaschen zu können. Müde blinzelte Clara und sah dann doch nur Maes kräftig braunes Haar, mit dem eine leise Brise des Sees spielte. Bei Andreas angekommen, senkte sie den Blick.

»Wie spät ist es denn?«, flüsterte sie, obwohl sie nur auf ihre Uhr hätte schauen müssen. Schuldbewusst verschränkte sie die Hände hinter ihrem Rücken. Ein belustigtes Funkeln blitzte in Andreas' Augen.

»Schon fast vierzehn Uhr«, klärte der Imker Clara auf. »Da hat wohl jemand die Zeit vergessen. Hm, kleine Malerin?«.

Das Mädchen hob überrascht den Blick. Kleine Malerin nannte er sie. Genauso wie die Gestalt, die so überraschend aus dem Wasser emporgestiegen war.

Ohne Umschweife begann Clara, von ihrem Goldfischabenteuer zu erzählen. Die geheimnisvollen Bewohner des Süßen Sees aber sparte sie aus. Andreas' Blick, in dem sich frisches Lindengrün zu spiegeln schien, wurde anerkennend, ein mildes Lächeln furchte sanfte Fältchen um seine Augen.

»Toby hat recht«, bestätigte Maes Vater. »Einen halben Kilometer vor dem Kuhbergtal sind mehrere Bäume umgestürzt. Mae und ich kommen gerade von dort. Ich denke, die Jungs von der Agrargenossenschaft sind immer noch dabei, die Stämme zu beseitigen.«

Es sollte also nicht mehr lange dauern, bis die Wiesel wieder ungehindert in den Süßen See floss.

Clara fiel ein Stein vom Herzen.

Bereitwillig folgte sie Andreas' Aufforderung: »Na, dann steigt schon mal auf, meine Damen!«

Galant stieg er ab und half Clara, die im Gegensatz zur geübten Mae etwas Mühe hatte, auf den Quadanhänger zu klettern.

»Ah, da kommt ja auch schon der vermisste … und mächtig dreckige … Retter!«, rief Andreas, als Toby endlich zwischen den Weiden am linken Seeufer auftauchte. Schon von Weitem war erkennbar, dass er vor Dreck stand. Sichtlich verwirrt schaute der Junge nach links und rechts, bevor er zum Sprint ansetzte, um zum Quad zu gelangen. Über die kurze Distanz rannte er so schnell, dass er beinahe Claras Malbeutel und die zusammengerollte Picknickdecke verlor. Zweimal glitt er fast aus und hatte Mühe, die Sachen seiner Freundin festzuhalten.

Während er die Decke Mae zunickend neben sie in den Hänger legte und Clara den Malbeutel reichte, rang er nach Atem – und um Fassung. Er beugte sich zu Clara, die es sich bereits mit angezogenen Beinen im Hänger halbwegs bequem gemacht hatte.

»Was war das denn?«, flüsterte er ihr so leise ins Ohr, dass Mae neugierig die Augen aufriss und sich vorbeugte. Clara musste grinsen, weil sie genau wusste, was Mae dachte. Spätestens in der Schule würde sie sie über Toby ausquetschen, das ahnte sie jetzt schon.

»Später!« Sie winkte ab. »Hast du nun endlich deinen Flötenzweig?«, fragte sie unverfänglich.

Noch konnte sie selbst nicht einordnen, was sie vor wenigen Minuten erlebt hatte. Hatte Toby sie und die Nymphe beobachtet, dann hatte ihn diese Beobachtung offenbar mächtig aus der Bahn geworfen. Doch Clara fühlte sich selbst noch wie in einem Traum. Allerdings in einem wunderschönen, faszinierenden und inspirierenden Traum.

Toby verzog enttäuscht die Lippen. »Na ja, ich dachte, schon. Aber der, den ich im Tal gefunden habe, war doch nicht so toll. Ich hab's nicht hingekriegt.«

Clara musste ihm einen freundschaftlichen Schubs geben, damit er ihrem Fingerzeig folgte. »Dann flitz rüber zu der Weide und schau und hör genau hin!«, empfahl sie selbstsicher, bevor sie sich an Maes Vater wandte: »So viel Zeit haben wir doch noch, Andreas, oder? Wir sind doch sowieso schon zu spät!«

Andreas nickte, saß aber bereits auf.

Toby brauchte nicht lange.

»Viel besser ist der als der erste!«, freute er sich und strahlte. Clara betrachtete den Zweig mit übertriebenem Interesse und lächelte zufrieden. Im Stillen bedankte sie sich bei der Nymphe.

Sie würde wiederkommen, um ihren Dank persönlich zu überbringen.

Beim Aufsteigen brauchte Toby natürlich keine Hilfe. Behände schwang er sich auf den Hänger und quetschte sich neben Mae und Clara. Seine langen Beine waren ihm im Weg.

»Das Messer bleibt aber während der Fahrt in der Tasche, junger Mann!«, stoppte Andreas Tobys Überschwang, bevor er den Motor startete und losfuhr.

Bald fühlte Clara sich durchgeschüttelt von all dem Geschaukel auf den Wald- und Feldwegen, die Andreas befuhr, um die Kinder nach Hause zu bringen. Wie Toby dabei einnicken konnte, war ihr schleierhaft.

»Ich glaube, das gehört dir«, schrie Mae gegen Wind und Motorengeräusch und stupste ihre Freundin in die Seite.

Clara wollte ihren Augen nicht trauen. In den Händen hielt Mae das Bild, das sie noch vor Stunden auf der Kuhbergwiese begonnen hatte. Irritiert zog sie ihren Beutel auf und stellte fest, dass die Mappe, in der sie das Bild hatte aufbewahren wollen, verschwunden war. Unfassbar. Sie musste das Bild im Tal verloren haben, als Toby und sie das Goldfischmädchen fanden. Und doch war die Malerei nun wieder hier. Völlig sauber. In den Händen ihrer Freundin.

»Woher hast du das?«, fragte sie zu leise, als dass Mae sie hätte hören können.

Ihre Freundin grinste breit und reichte ihr das Kunstwerk.

Beinahe liebevoll strich Clara über die grüne Wiese und die Rehe, die ihr noch nicht so gut gelingen wollten. Sie freute sich unbändig darauf, ihr Bild zu Hause zu vervollkommnen.

Doch etwas Neues erregte ihre Aufmerksamkeit. Über das satte Grün, das ihr Pinsel hinterlassen hatte, flatterte ein kleines Menschlein mit violettem Röckchen, die Flügelchen zauberhaft schimmernd. Sogar ein bisschen Blütenstaub hatte sich auf dem Blatt Papier verteilt.

»Das hab ich nicht gemalt«, murmelte Clara und blickte überrascht zu Mae.

Und nun sah sie es ganz deutlich: Auf dem Kopf ihrer Freundin lag ein winziges Wesen, den Kopf auf die Ärmchen gestützt, auf den Lippen ein strahlendes Lächeln.

Mae war so nah, und Clara spürte, wie Maes feste Schuhe an ihre eigenen drückten, nahm ihre Wärme wahr.

Das konnte kein Traum sein.

Erst ein Goldfischchen, das keines war, und nun eine … Elfe. Und später würde ihr Toby noch eine Flöte schnitzen. Für sie ganz allein. Clara wollte die Welt umarmen. Dieser letzte Feriensonntag war gewiss der schönste Tag ihres Lebens.

Das Wesen versteckte sich nicht mehr, flatterte auf und schwang sich herunter, um Mae einen Kuss auf die Wange zu hauchen. Die Imkertochter tat nicht einmal überrascht. Die Gegenwart der Elfe schien für sie das Selbstverständlichste auf Erden zu sein. Ihre Lippen umspielte ein zutiefst zufriedenes Lächeln. In nächster Zeit würden sie und Mae viel Gesprächsstoff haben, davon war Clara überzeugt.

Nur einen Wimpernschlag später winkte die Elfe den Mädchen zu.

»Komm bald wieder, kleine Malerin!«, rief sie fröhlich.

Und dann war sie verschwunden.

Sinje Blumenstein, Jahrgang 1976. Gebürtige Thüringerin. Lebt und arbeitet als freiberufliche Übersetzerin und Lektorin im Südharz. Spätestens seit der ersten Deutschstunde ausgemachte Leseratte, entdeckte die Autorin im Teenageralter schließlich das Schreiben als Ausdrucksmöglichkeit. Gedichte und Kurzgeschichten füllten Schreibblöcke und Schublade, bevor 2009 ihr erster Roman in Eigenregie erschien. Mehrere Anthologiebeiträge folgten. Mit „Mittendrin: Der Laubkönig erzählt" betreute Sinje Blumenstein als Herausgeberin ihre erste eigene Anthologie. Ihr Lieblingsthema ist die Natur, in der sie unermüdlich Inspiration nicht nur zu Texten, sondern auch Fotografien und Zeichnungen findet.

A. C. Greeley

Wolfsstein

Sybille zog die Kapuze tiefer ins Gesicht. Es war ein grauer, triefender Regentag.

In einigen Pfützen stand das Wasser knöchelhoch. Es glich einem Spießrutenlauf, heil daran vorbeizukommen.

Missmutig stapfte sie über die Hazen Street. Nach wie vor tat sie sich schwer in dem winzigen, fremden Ort. Sie vermisste ihre Freunde im Westen, außerdem regnete es hier oft. Genervt kickte sie einen mittelgroßen Stein weg.

Mit Genugtuung hörte sie, wie er gegen eines der hier geparkten Autos rumste. Ihr schlechtes Gewissen regte sich aber schnell. Was wäre, wenn jemand sie gesehen hatte? Sie sah sich verstohlen um, ehe sie das Auto genau betrachtete

Es schien unbeschädigt.

Als Sybille sich erleichtert wieder auf den Weg machen wollte, fiel ihr Blick zufällig auf den Stein.

Sie hielt inne, bevor sie sich bückte, um ihn aufzuheben. Wieso war ihr das nicht zuvor aufgefallen? In seiner Mitte befand sich ein länglicher Riss, und darunter schimmerte es blau hervor. Sie drehte den Stein auf ihrer Handfläche mehrmals um und betrachtete ihn neugierig. Ob das darin ein Edelstein war? Doch wie kam so etwas mitten auf die Straße?

»Na woher wohl?«, murmelte sie genervt.

Norwich war nicht gerade eine Großstadt und lag inmitten der hügeligen Landschaft von Vermont. Hier gab es außer Bergen und Wäldern nicht viel. Vermutlich hatte irgendein Trucker den Stein aus den Holzfällercamps mitgeschleift.

Er fühlte sich seltsam warm zwischen ihren Fingern an. Sanft fuhr sie über die raue Oberfläche, berührte vorsichtig den blauschimmernden Quarz.

Vibrierte er nicht ein wenig?

Sybille lachte unsicher auf.

»Nö, reine Einbildung.«

Dieser Stein war zweifelsohne interessant. Sie sollte ihn mitnehmen und in ihrem Gesteinslexikon nachschauen. Von diesem Gedanken ermutigt, schob sie ihren Fund in die Jackentasche.

»Ich glaube, du hast das Auto beleidigt«, ertönte eine tiefe Stimme hinter ihr.

Überrascht fuhr Sybille herum und starrte erschrocken und verlegen zugleich in die amüsiert blickenden Augen von Josh.

Josh Wayer, ihr Banknachbar, war der Traum aller Mädchen. Er war sportlich und nett. Das Football-Team hätte ihn gerne dabei, doch er hielt sich fern. Auch wusste keiner aus der Schule, ob er eine Freundin hatte. Alle Versuche der Mädchen, ihn für sich zu gewinnen, waren bisher gescheitert. Zu jeder war freundlich und hilfsbereit, doch auf die vielen Flirtversuche ging er nicht ein.

Sybille wusste nur, dass er nach der Schule im Outdoor-Laden seines Vaters mithalf und gelegentlich Touristen auf Wandertouren begleitete.

»Ähm, ich, äh, ist es dein Wagen?« Sie spürte, wie ihr die Röte in die Wangen schoss, und verfluchte sich insgeheim dafür.

»Kommt darauf an. Wenn ich ja sage, läufst du dann davon?« Er klang ernst, doch sie erkannte ein Funkeln in seinen Augen.

»Ähm, kann sein«, murmelte sie.

»Dann ist es nicht mein Auto.« Er lächelte sie an.

»Wieso gehst du hier lang?«, fragte er neugierig. »Der Schulbus fährt doch fast bis vor dein Haus.«

»Na ja. Ich geh nach der Schule gerne ein bisschen spazieren.«

Josh nickte.

»Okay, dann begleite ich dich das letzte Stück – also, wenn ich darf.«

»Oh, ja, ähm, gerne.«

Verwirrt überlegte Sybille, was sie von seinem Angebot halten sollte. Sie mochte ihn, sogar sehr, doch seit sie vor einigen Monaten von der Westküste hierher in den Osten gezogen war, hatte sie viel um die Ohren gehabt. Alles war neu für sie. Die Schule, die Gegend und die Menschen, die hier lebten. Sie hatte noch keine Zeit gehabt, sich um Zwischenmenschliches zu kümmern, und dann ausgerechnet Josh.

Schweigend schlenderten sie eine Weile nebeneinander her, bis Josh das Wort ergriff: »Der Stein, wieso hast du ihn eigentlich aufgehoben?«

»Weiß nicht. Zur Spurenbeseitigung?«

»Gute Antwort.« Er lachte.

Sie holte ihren Fund hervor und deutete auf das blaue Schimmern.

»Ich will rausfinden, was das hier für ein Quarz ist. Ich finde ihn hübsch.«

Josh blieb stehen und musterte den Stein aufmerksam.

»Hm, ich glaube, das ist ein Teil vom Wolfsstein.« Er wirkte mit einem Mal unsicher.

»Ein Teil von WAS?« Von einem Wolfsstein hatte Sybille noch nie etwas gehört, aber Joshs Reaktion verwunderte sie, also schob sie den Stein wieder in ihre Tasche. »Ist er wertvoll, oder so was?«

Josh zögerte mit der Antwort: »Nicht so, wie du vielleicht denkst. Was hast du damit vor?«

»Weiß nicht. Erst schau ich in meinen Büchern nach. Ich hab da so ein Hobby.«

Josh zog die Augenbrauen hoch.

»Ein Hobby?«

»Ähm ja, Gesteinskunde. Klingt blöd, ich weiß.«

»Nein, überhaupt nicht«, versicherte er ihr.

»Ist doch cool.« Er lächelte schief. »Ich zum Beispiel sammle alle Arten von Blättern. Aber verrate es niemandem.«

Sybille nickte. »Okay, ich versprech's. Hm, erzählst du mir, was ein Wolfsstein ist? Ich meine, davon hab ich noch nichts gehört, also–«

Josh zögerte und sah sich vorsichtig um, ehe er sie beim Arm ergriff und zum Waldesrand zog.

»Na ja, der Name Wolfsstein entstammt einer Indianerlegende«, erklärte er leise.

»Eine Legende? Du meinst, so was wie ein Märchen?« Verwundert musterte sie ihn.

»So ähnlich. Er könnte Ärger verursachen.«

»Wie bitte?« Ihre Neugierde war geweckt.

Josh fuhr sich mit den Fingern durch seine dunklen Haare.

»Du bist noch nicht lange hier, also erkläre ich dir das mal. Vermutlich wirst du mich auslachen, aber es gibt eine Geschichte dazu.«

»Eine Geschichte? Von einem komischen Stein?«

Josh, der die Skepsis in ihrer Stimme erkannte, seufzte schwer.

»Wusste ich's doch – was soll's, ich erzähl es dir trotzdem.«

Er schluckte und wies auf den kleinen Pfad, der sich durch den Wald hinter den Häusern vorbeischlängelte.

»Komm, gehen wir da lang. Hab keine Lust darauf, dass uns jemand zuhört. Die Leute hier sind abergläubisch.«

Sybille nickte erneut. Norwich war zwar klein, aber warum sollte es hier anders sein? Legenden und Märchen gab es überall – sie konnte sich sogar noch an ein paar aus ihrer alten Heimat an der Westküste erinnern.

Zögernd blickte sie in den Wald. Sie hatte ihn zwar wahrgenommen, doch noch nie betreten.

»Keine Angst, ich kenne den Pfad. Der führt durch das kleine Waldstück und endet hinter eurem Nachbarhaus«, meinte er beruhigend, dabei hatte sie gar keine Angst, sie war nur unsicher.

»Ähm, ja, ich – ich mach mir keine Sorgen um den Weg. Du – du kennst dich hier sicher besser aus als ich.«

»Oh, gut, dann mal los.« Erleichterung schwang in seiner Stimme mit.

Als Sybille ihm folgte, fühlte sich mit einem Mal seltsam beschwingt.

Nach wenigen Schritten hatte der Wald die beiden jungen Menschen verschluckt.

Geräusche kleinerer Tiere, die durch das Gesträuch huschten, war alles, was Sybille noch hören konnte. In ihre Nase drang der Duft von feuchter Erde und harzigem Holz. Zu ihrer Verwunderung mochte sie das. Wieso war ihr das nicht schon vorher aufgefallen? Sie atmete tief ein. Schon spürte sie, wie die Anspannung von ihr abfiel.

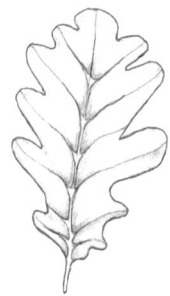
Ein vollkommen neues Gefühl für sie. Sie hatte bisher nur die Wüstenlandschaft gekannt. Ewig flüsternder Wind, heiße Sonnenstrahlen im Sommer, vereinzelt kühle Tage im Winter. Keine richtigen Jahreszeiten, dafür immer mild und oftmals heiß und trocken, und nun stand sie im herbstlichen Laub mitten in einem Wald in den Bergen, und es gefiel ihr. Für einen Augenblick ertappte sie sich bei dem Gedanken, wie die Gegend wohl im Winter aussehen würde.

Josh war vorausgegangen und sie eilte ihm nach. Denn auch wenn sie gerade erkannt hatte, dass der Wald ihr gefiel, wollte sie keinesfalls allein zurückbleiben.

»Also gut, schieß los«, keuchte sie, als sie wieder auf gleicher Höhe mit ihm war.

Sybille zuliebe verringerte er sein Tempo.

»Hier lebten einst die ›Ani'yun'wiya‹, was soviel bedeutet wie ›Die wirklichen Menschen‹. Du kennst sie unter dem Namen: Cherokee«, begann Josh mit seiner Geschichte.

Sybille nickte erwartungsvoll.

»Sie hatten hier in den Bergen ein Dorf und lebten ruhig, bis eines Tages eine Horde blutrünstiger fremder Indianer einfiel. Die tapfersten Krieger verteidigten ihr Dorf, doch die Gegner waren übermächtig und ließen ihnen keine Chance. Die Fremden bemerkten zu spät, dass weder Kinder, Frauen noch alte Menschen anwesend waren. Der Medizinmann hatte sie nach einer nächtlichen Vision nämlich alle in eine der vielen Höhlen hinter einem gewaltigen Wasserfall hinter den Wäldern geschickt, wo sie in Sicherheit waren. Zu ihrem Schutz hatten einige Krieger sie begleitet, doch all das wussten die Fremden nicht.«

Sybille lauschte gespannt der Erzählung, während sie den matschigen, mit Blättern übersäten Weg entlanggingen.

»Als sich die Feinde auf die Suche nach den ›Entflohenen‹ begaben, lockte sie ein seltsames blaues Licht auf eine falsche Fährte. Den Wasserfall fanden sie zwar, doch nicht das Versteck. Dafür entdeckten sie einen riesigen Felsstein, der oberhalb des Wasserfalls blau leuchtete. Er hatte die Gestalt eines Wolfes. Die Fremden bekamen Angst vor diesem Felsen mit dem geheimnisvollen blauen Schimmern. Sie dachten, der Geist des großen Wolfes lebte auf dem Berg. Aus Furcht vor der zerstörerischen Macht, die sie einem solchen Geist zuschrieben, flohen sie. In der darauffolgenden Vollmondnacht fiel ein Wolfsrudel im Dorf ein und tötete alle Fremden. Die Dorfbewohner aber ließ es am Leben. Zwei Tage später kehrten Älteste, Frauen und Kinder aus ihrem Versteck zurück, und die Freude war groß. Die Legende vom Wolfsstein war geboren.«

Josh hielt inne und umschrieb mit einer ausladenden Handbewegung die Umgebung.

»Reste des Steins sind in dieser Gegend noch heute zu finden. Bei den Indianern gilt er nach wie vor als magisch.«

Sybille musterte ihn fragend.

»Gibt es noch diesen Wolfsfelsen?« Sie konnte sich nicht erinnern, etwas von einem solchen Felsen gehört zu haben.

Josh atmete tief durch.

»Na ja, irgendwann in den Fünfzigern sprengten Bergarbeiter wegen Absturzgefahr den Felsblock. Die Nachfahren der damaligen Indianer – mein Vater ist einer von ihnen – sind noch immer zornig, denn ihnen war der Felsen heilig. Sie meinen, der Wasserfall sei deswegen versiegt.«

Josh lächelte schief.

»Stimmt schon, die Wassermassen haben nach der Sprengung drastisch abgenommen, doch wenn du mich fragst, ist er einfach naturgegeben zurückgegangen«, mutmaßte er.

»Wie dem auch sei, man erzählt sich eben, dass, wenn alle Teile des gesprengten Gesteins zurück auf den Hickory Mountain gebracht werden, der Wasserfall wieder in seiner alten Stärke fließen wird.« Josh unterbrach sich und dachte nach. »Ähm, vielleicht solltest du ihn auch zurückbringen«, schlug er vor. »Ich war zwar lange nicht mehr da oben, aber ich kenn den Weg. Die Gegend ist ziemlich verwildert. Man muss vorsichtig sein.«

»Glaubst du daran?«, wollte Sybille wissen.

»Sagen wir mal so: Wenn es um Indianerdinge geht, bin ich vorsichtig«, räumte er ein.

Beklommen dachte Sybille nach. Was wäre, wenn das tatsächlich ein Zauberstein war? Sie glaubte selbst nicht daran, aber was wusste sie schon?

»Danke, ich werd dran denken, aber ich möchte erst einmal nachsehen, ob ich etwas über den Stein herausfinde.«

»Schon gut«, meinte Josh. »Ist nur eine Sage, aber es wird viel gemunkelt. Gestaltwandler und so was. Die Ureinwohner hier haben ihre eigenen Geschichten, also prahl lieber nicht mit deinem Fund, okay?« Er klang besorgt.

Sybille nickte.

»Hey, vielleicht hast du ja am Samstag Zeit? Ich meine, wenn du, äh, mit mir –«, sie stockte. Schon wieder war da diese Nervosität, doch Joshs Lächeln beruhigte sie.

»Klar doch. Wie wär's nach dem Frühstück? Sagen wir um zehn? Denk an festes Schuhwerk und eine warme Jacke!«

Sybille nickte erleichtert. Klingt fast nach einem Date, dachte sie.

Am Abend ließ sie den Stein auf ihrem Schreibtisch liegen.

In ihren schlauen Büchern hatte sie nur ein Mineralgemisch gefunden, das in etwa zu ihrem Fund passte: Lapislazuli. Doch ganz überzeugt war sie nicht.

Sybille schlief unruhig in dieser Nacht, träumte von wilden Kriegern und heulenden Wölfen.

Ein großer schwarzer Wolf verwandelte sich in einen bunt bemalten Indianer, der sie mit brennenden Augen anstarrte, und sie anflehte, den Stein ›zurückzubringen‹.

»Hey, Syb, wach auf!«

Aus ihrem unruhigen Traum gerissen, starrte sie in die erschrockenen Augen ihrer Mutter.

»Was ist los?«, murmelte sie.

»Hörst du sie nicht?« Die Stimme ihrer Mutter zitterte und Sybille spürte ihre Angst.

»Was denn?«

Dann hörte sie es selbst: ein durchdringendes Heulen direkt unter ihrem Fenster.

»Wölfe! Sie sind im Garten.«

»Was?« Sybille schlug die Decke zurück, stand auf und eilte zum Fenster.

Tatsächlich saßen zwei Wölfe auf der Wiese und starrten zu ihr hinauf. Ihre Augen leuchteten gelblich, und ihr struppiges Fell hob sich deutlich vor dem Schein des Mondes ab.

»Wie gibt es das denn?«

»Ich habe keine Ahnung«, flüsterte ihre Mutter. »Ich dachte nicht, dass wir überhaupt welche in der Gegend haben. Sheriff Jones ist unterwegs. Ich hoffe, er kann sie verjagen. Er meint, es sei äußerst selten, dass Wölfe sich aus den Wäldern hierher wagen.«

Siedendheiß fiel Sybille die Geschichte ein, die Josh ihr erzählt hatte.

Könnte er es sein, dass die Wölfe ihretwegen hier waren?

Nein, Schwachsinn. Josh hat dir einfach einen Floh ins Ohr gesetzt und jetzt spinnst du, versuchte sie, sich zu beruhigen.

Sie spähte durch die Gardinen hinaus auf den Wolf, der näher am Haus saß. Sie hatte das Gefühl, als starrten seine gelblichen Augen nur sie an. Auf unheimliche

Weise ähnelte er dem Wolf aus ihrem Traum. Trotz des durchdringenden Heulens wirkte er nicht bösartig, sondern schien, ganz im Gegenteil, friedliche Absichten zu haben.

»Mom, es wird doch keiner auf die Tiere schießen, oder?« Besorgt dachte sie an die Legende. Indianer, Gestaltwandler, Wölfe, die die Feinde vertrieben.

»Ich denke nicht. Die stehen unter Naturschutz. Aber ich hab Angst. Was ist, wenn die tollwütig sind?« Seufzend wandte sich Sybilles Mutter der Tür zu. »Ich werd uns einen Kakao machen, während wir auf den Sheriff warten,« bot sie an, bevor sie Sybille allein ließ.

Die Wölfe heulten weiter.

»Bitte, bitte geht wieder«, flehte Sybille leise.

Sollte sie Josh anrufen? Sie wollte gerade ihr Mobiltelefon hervorkramen, als ihr wieder einfiel, dass es mitten in der Nacht war. Aber was sollte sie nur tun?

Und dann wusste sie es.

Sie musste den Stein einfach selbst zurückbringen. Sie konnte nicht bis Samstag warten.

Am besten würde sie gleich nach dem Frühstück losziehen und die Schule schwänzen. Immerhin war sie eine ausgezeichnete Schülerin und fehlte so gut wie nie.

Inzwischen war sie sich auch nicht mehr so sicher, ob nicht doch ein Körnchen Wahrheit in Joshs Geschichte steckte.

Kurz entschlossen wandte sie sich vom Fenster ab, ging zu ihrem Schreibtisch und schaltete ihren Computer ein.

Wäre doch gelacht, wenn sie nicht selbst den Weg zum Hickory Mountain finden würde!

Das Internet machte es möglich. Es gab so viele Onlinekarten im Netz, die ständig aktualisiert wurden.

Während sie darauf wartete, dass die Suchmaschine ihren Zweck erfüllte, bemerkte sie die Stille.

Sie erhob sich und ging wieder zum Fenster. Der Garten lag leer und nur vom Mondlicht bestrahlt vor ihr. Die Wölfe waren weg!

Auch der Sheriff konnte nur noch riesenhafte Pfotenspuren rings ums Haus feststellen.

Am nächsten Morgen zog Sybille sich warm an und schob den Stein in ihre Jackentasche.

Bevor ihre Mutter Verdacht schöpfen konnte, verließ sie das Haus und verschwand durch das Dickicht, das an den Garten angrenzte.

Endlich regnete es nicht mehr, aber die ausgetretenen Waldpfade waren noch matschig und sie musste aufpassen, dass sie nicht ausrutschte.

Sybille schlug den schmalen Waldweg ein, der laut ihrem Plan zum Hickory Mountain hinauf führte.

Angst hatte sie keine. Sie war schon oft gewandert, nur auf den Hickory Mountain war sie noch nie gewesen. So schwer sollte der Marsch doch nicht werden.

Bald aber musste sie zugeben, dass der Weg beschwerlicher war, als sie es sich vorgestellt hatte.

Immer wieder rutschte sie auf nassen Farnen oder Blättern aus und ein paar Mal verfingen sich ihre Füße in zähen Schlingpflanzen.

Von dem Pfad, den sie ursprünglich betreten hatte, war durch das herabgefallene Herbstlaub nicht mehr viel zu erkennen.

Sybille hatte keine Ahnung, wo sich dieser Wolfsstein früher befunden hatte, aber darüber machte sie sich keine Sorgen. Wenn sie oben war, würde sich alles von selbst fügen.

Inzwischen umschwirrten lästige Insekten ihr Gesicht und ihre Kleidung klebte am Körper.

Für Ende September war es ziemlich warm. Gestern hatte sie noch gedacht, es würde bald schneien. Immerhin lebte sie jetzt in einem Skigebiet. Doch heute war es fast wieder Sommer.

Verschwitzt und in Gedanken versunken stolperte sie über einen mit Moos überwachsenen Felsbrocken, der aus der feuchten Erde ragte. Taumelnd versuchte sie, ihr Gleichgewicht zu bewahren, doch sie fiel hin. Keuchend rappelte sie sich wieder hoch. Das hier war wirklich nicht so einfach, wie sie gedacht hatte.

Inzwischen bereute sie, dass sie allein losgezogen war. Langsamer setzte sie ihren Aufstieg fort.

Dann, mit einem Mal, überkam sie ein ungutes Gefühl. Es war, als ob etwas, oder jemand sie aus dem Verborgenen beobachtete.

Hastig sah sie sich um, doch sie konnte nichts entdecken.

Dennoch war sie sich ganz sicher. Hier stimmte etwas nicht.

»Blödsinn«, murmelte sie trotzdem.

Gerade als sie ihren Weg fortsetzen wollte, traten drei Gestalten zwischen den Bäumen hervor.

Es waren Jungen in ihrem Alter. Mühsam versuchte sie sich zu erinnern, ob es Jungs aus der Schule waren. Doch was hatten die hier oben zu suchen?

Beim näheren Hinsehen erkannte sie das verwahrloste Aussehen. Nein, diese Typen waren ganz bestimmt keine ihrer Mitschüler.

»Hey, Butterblümchen, was treibt dich denn hierher?« Mit einem schmierigen Grinsen auf dem bulligen Gesicht trat einer - offenbar der Sprecher - auf sie zu.

Sybille versteifte sich.

»Hat dir wohl die Sprache verschlagen, was?« Er näherte sich ihr langsam und die beiden anderen bildeten einen Halbkreis.

Sybille begriff, dass die Kerle sie in die Zange nehmen wollten.

Panisch fielen ihr die Geschichten von Vergewaltigern und Gangs ein.

»Geht mir aus dem Weg!« Ihre Stimme zitterte. Nie in ihrem Leben hatte sie gedacht, dass sie hier in den Appalachen auf solche Menschen stoßen würde.

Sie schob ihre Hand in die Jackentasche und umklammerte den warmen Stein. Im Augenblick war es ihr egal, ob er magisch war oder nicht. Er wog schwer, und sie würde nicht davor zurückschrecken, ihn als Waffe einzusetzen.

»Nicht doch, Augenstern.« Der bullige Kerl war so nahe an sie herangetreten, dass sie den Alkohol in seinem Atem riechen konnte.

»Du bist das Bleichgesicht hier.« Die beiden anderen Typen grinsten. Das Ganze machte ihnen Spaß.

»Hier ist das Land UNSERER Vorfahren. Wusstest du das nicht?« Sybille straffte die Schultern.

Sie dachte an die Legende, in der feindselige Indianer ein kleines Dorf überfallen hatten, dachte an die geflohenen Bewohner des Dorfes. Diese hier waren genauso gefährlich.

»Ihr seid Säufer aus dem Reservat.« Die nüchterne Feststellung erschreckte sie fast, doch sie wusste, dass sie recht hatte.

Sie machte einen drohenden Schritt auf den Kerl zu und zog den Stein hervor. Adrenalin schoss von Synapse zu Synapse und durchflutete sie mit einer ungeahnten Kraft.

»GEH MIR AUS DEM WEG!«

Der Kerl verzog die Lippen zu einem hässlichen Grinsen.

»Ich würde tun, was sie sagt.« Nüchtern drang die Stimme über die Lichtung und Sybille fuhr herum.

»Josh! Aber …«

Tränen der Erleichterung traten in ihre Augen. Ohne sie anzusehen, schob er sich zwischen Sybille und den Kerl.

»Tu, was sie sagt, Barry!«, knurrte er.

Der Angesprochene wich zwei Schritte zurück, noch wollte er nicht aufgeben.

»Große Worte, Häuptling«, stieß er hervor. Sein überhebliches Grinsen gab faule Zähne frei. Er hob die Arme zu einer ausladenden Geste. »Hier oben bist du auf dich gestellt. Und wir sind zu dritt.«

»Stimmt. Wie unklug von mir«, wandte Josh trocken ein.

Ohne Barry aus den Augen zu lassen, stieß er einen Pfiff aus. Äste knackten laut, als näherte sich etwas Schweres aus dem Wald.

Fassungsloses Entsetzen breitete sich auf den Gesichtern der drei Unruhestifter aus. Mit einem Mal warfen sie sich herum und stürmten davon.

Und nun erkannte auch Sybille, was aus dem Wald gekommen war: Zwei Wölfe jagten an ihnen vorbei, hinter den dreien her.

Entsetzt griff sie nach Joshs Arm.

»Wölfe, das sind – riesige Wölfe«, stotterte sie.

Josh ergriff ihre Hand.

»Jep, so ist es. Komm, wir müssen den Stein zurückbringen, es sei denn, es gibt einen anderen Grund, weswegen du heute die Schule schwänzt.«

»Aber, die Wölfe, diese Typen, ich meine –«

»Die tun denen nichts. Jagen sie nur ein bisschen durch die Gegend. Komm, es ist nicht mehr weit.«

Sprachlos ließ Sybille sich von ihm mitziehen. Sie nahm nicht wahr, wie lange es dauerte, bis sie auf dem felsigen Hochplateau standen. Ringsherum erstreckten sich grün bewachsene Berge, aus denen sanfter Nebel aufstieg. Eine Weile starrte sie fasziniert auf die wunderschöne Landschaft.

»Schau mal.« Josh zeigte auf eine Ansammlung unterschiedlich großer Steine vor ihnen. Zwischen den vielen grauen Brocken erkannte Sybille ein blaues Funkeln. Die Mittagssonne spiegelte sich in den klaren Quarzsteinen wider und verwandelte den Steinhaufen in ein leuchtendes Meer. Sie konnte den Zauber fühlen, der diesen Ort beherrschte.

Ehrfurchtsvoll legte sie ihren Fund dazu.

»Hörst du das?« Josh hielt inne und Sybille lauschte.

In der Ferne hörte sie das Rauschen von Wasser, und sie verstand.

»Der Wasserfall, er wird wieder stärker, nicht wahr?«

Josh nickte zufrieden.

»Ja, wird zwar noch eine Weile dauern, bis er seine ursprüngliche Kraft wiedererlangt hat, aber mit jedem Stein, den wir finden und zurückbringen, wird es besser.«

Sybille nickte ernst.

»Bei uns im Garten waren heute Nacht Wölfe. Ich dachte erst, sie wollten uns was tun, aber sie wollten nur, dass ich den Stein zurückbringe.«

»Ja, ich hab davon gehört und dann Eins und Eins zusammen gezählt.« Josh lächelte entschuldigend. »Tut mir leid, dass sie dich erschreckt haben.«

Er legte einen Arm um ihre Schultern.

»Komm, ich erklär dir alles beim Abstieg.«

»Nein, das musst du nicht, ich glaub, ich versteh's auch so«, sagte sie ruhig.

Sie lächelte versonnen, während sie langsam über den schmalen Pfad zurückgingen.

Agnete C. Greeley *wurde in den wilden Siebzigern in Dänemark geboren. Seit vielen Jahren lebt sie mit ihrer Familie in Wien – dort arbeitet sie eifrig an ihren Mystery-Geschichten, die vorwiegend in Amerika spielen. Sie schreibt seit ihrem zwölften Lebensjahr und veröffentlichte ihren ersten Roman ›Nebel der Vergangenheit‹ im Jahre 2010.*

Anke Höhl-Kayser

Wintersonnenwende

*Wer nicht an uns glaubt, der kann uns nicht sehen,
wird achtlos an uns vorübergehen.
Dann waren wir, sind wir und werden wir sein
nichts mehr als ein fortgetretener Stein,*

*ein knorriger Ast, der am Wegrand liegt,
eine bunte Blüte, die lichtaufwärts fliegt,
Staubkörner, die lebhaft im Sonnenlicht schweben,
Spinnennetze, die sich um Tautropfen weben.*

*Doch das seltsame Schattenspiel, das sieht er nicht,
wenn die Sonne sich an den Herbstbäumen bricht,
er sieht nicht den Schneemond, der flitternd irrlichtert
und die Brücke zwischen den Welten errichtet.*

*In der Welt im Mondlicht, der Welt der Nacht,
sind die Flammen des Untergangs lodernd entfacht.
Uns rettet nur, wer die Brücke kennt,
die raunachts bei Vollmond die Welten trennt.*

*Du Tochter der Sonnenwelt, erfülle den Schwur,
von deinem Blut einen Tropfen nur,
eine Träne, aus reinem Verstehen vergossen,
den Riss zwischen beiden Welten geschlossen.*

Ich richtete mich mit klopfendem Herzen im Bett auf. Schweißtropfen liefen mir von der Stirn in die Augen. Sie brannten, und ich wischte sie hektisch weg.

Die Melodie des Liedes hallte in meinem Kopf nach, ich konnte diesen Ort riechen und schmecken, aber er entfernte sich von mir. Ich versuchte mich daran zu klammern, aber vergebens. Je wacher ich wurde, desto klarer wurden die Konturen der Gegenstände in meinem Zimmer. Und die andere Welt zerfaserte, wurde farblos, verlor sich im Abendlicht des vergehenden Tages, das das Vergessen brachte.

Garo!

Garo war dort geblieben!

Hatte ich geschlafen – am Tag? Hatte ich geträumt? Es fühlte sich so wirklich an, als sei ich tatsächlich da draußen gewesen, auf dieser Lichtung mit den seltsam gewachsenen Bäumen, die sich zu mir herunter neigten wie Lebewesen, mir mit ihren Zweigen die Haare zausten und mit den Blättern zärtlich die Wangen streichelten.

»Lisa!«

Ich zuckte zusammen. Das war die Stimme meiner Mutter. Ein Blick auf den Wecker zeigte mir: Ich hatte offenbar den Termin für meine Gitarrenstunde verschlafen.

»Lisa, mach schnell, sonst kommst du zu spät!«

Ich sprang auf und fiel über Garos Korb. Garo war fort. Mein bester Freund, der vierjährige Labrador, der eben noch im Korb an meinem Bett gelegen hatte, war nirgends in meinem Zimmer zu entdecken.

Ich wusste, sie hatten ihn dabehalten. Als Pfand für –

Wofür? Ich krallte die Nägel in meine Handflächen und versuchte mich mit aller Gewalt zu erinnern.

Da war etwas, ein Bild, aber es hüllte sich in Nebel. Ich konnte den Gedanken einfach nicht greifen, er entzog sich mir, je mehr ich mich um ihn bemühte.

Die Schritte meiner Mutter auf der Treppe.

»Lisa, was hast du gemacht? Hast du etwa am helllichten Tag geschlafen? Kind, du musst los! Es ist zehn nach sieben!«

Im Bruchteil einer Sekunde entschied ich mich, ihr nichts zu sagen. Sie würde mir kein Wort glauben.

Die Tür flog auf. Meine Mutter sah mich fragend an.

»Lisa, was ist los?«

»Nichts, Mama, ich bin schon fast fertig«, antwortete ich und grub in der zerwühlten Bettdecke nach meiner Daunenjacke.

»Der Bus fährt in drei Minuten«, sagte meine Mutter. »Ich kann mir nicht vorstellen, wie du das schaffen willst.«

So war meine Mutter. Sie hätte ja auch sagen können: »Wenn du dich beeilst, schaffst du es bestimmt noch.«

Aber das tat meine Mutter nie. In den bislang vierzehn Jahren meines Lebens hatte ich damit umgehen gelernt: Es spornte mich an, ihr zu zeigen, dass ich es doch schaffte. Nur diesmal war ich ziemlich überzeugt, dass sie recht hatte.

Ich stieg in meine Snowboots und zurrte die Schnürriemen zurecht. Dann warf ich mir meine Jacke über, die ich endlich gefunden hatte – meine Mutter gab ein missbilligendes Geräusch von sich, weil ich sie nicht schloss – und schnappte mir den Gitarrenkasten.

In diesem Moment sah meine Mutter den leeren Hundekorb.

»Wo ist denn Garo?«, fragte sie verwundert.

»Es war ihm zu warm vor der Heizung«, log ich und wunderte mich selbst über meine Schlagfertigkeit. »Er ist aufgestanden und hat sich irgendwo im Haus einen kühleren Schlafplatz gesucht.«

Meine Mutter runzelte die Stirn. Zum Glück sagte sie nichts. Ich rannte nach unten. Noch eine Minute, das würde knapp werden. Dieser Bus hatte nie Verspätung.

»Lisa, geh nicht durch den Wald, wenn du den Bus verpasst! Dann kommst du zurück, hörst du, und ich –«

Ich brüllte: »Tschüs, Mama!« durch den Hausflur und knallte die Tür hinter mir zu.

Während ich geschlafen hatte, war Schnee gefallen. Der Vorgarten lag unter einer hohen weißen Decke. Der Himmel im Westen zeigte noch Spuren der Dämmerung, im Osten war er schon schwarz und sternenübersät. Das Licht der Straßenlaternen ließ tausend kleine Schneediamanten aufglitzern.

Meine Mutter hatte den Weg zum Tor und den Gehweg freigeschaufelt; die Nachbarn noch nicht. Die waren damit beschäftigt, an den Fenstern ihre traumatisierende elektrische Weihnachtsdeko aufzuhängen. Das rot-grün-gelb-blaue Geblinke wurde vom Schnee reflektiert. Ich sank knietief ein.

Wenn der Schnee nicht gewesen wäre, hätte ich es vielleicht doch geschafft. Aber durch hohen Schnee schnell zu laufen war ebenso unmöglich wie durch weichen Sand.

Als ich keuchend an der Bushaltestelle ankam, sah ich gerade noch die Rücklichter des Busses, wie er auf die Hauptstraße abbog.

Okay, das hatte also nicht geklappt. Der Satz meiner Mutter fiel mir ein.

Meine Mutter hatte mir schon oft verboten, im Winter abends durch den Wald zu gehen. Sie erlaubte das nicht einmal, wenn Garo dabei war. Das Waldgebiet war riesig, es erstreckte sich zwischen zwei Stadtteilen, und es gab keine Wegbeleuchtung.

Der Himmel hatte sich inzwischen ganz mit Sternen überzogen. Ich konnte immer nur an die Gitarrenstunde denken und daran, dass ich sie verpassen würde. Ich sollte doch auf dem Schulbasar »Es kommt ein Schiff, geladen« vortragen. Ich musste das unbedingt noch mal üben!

Fünfzehn Minuten durch den Wald bergab, länger würde ich nicht bis zur Musikschule brauchen. Das bedeutete, ich kam maximal zehn Minuten zu spät. Das war nicht viel. Ich würde kaum Unterrichtszeit verpassen. Die Gitarrenstunde war mir noch nie so wichtig gewesen.

Erst als ich tief in den dunklen Bogen hinein gelaufen war, den die Bäume bildeten, konnte ich an etwas anderes denken. Ich fröstelte, und ich bekam Gänsehaut nicht nur wegen der Kälte.

Garo drängte sich in mein Bewusstsein. Wo war er?

Je tiefer ich in den Wald kam, desto klarer wurden meine Gedanken. Mit jedem Schritt, mit dem ich den Straßenlärm und die Autoabgase hinter mir zurückließ, mit jedem Atemzug, der eisig frische Luft in meine Lungen brachte, lichtete sich der Nebel in meinem Kopf.

Es roch nach Rauch, nach Holzbrand, und nach Kiefernnadeln. Ich atmete tief durch. Der Schnee knirschte rhythmisch unter meinen Stiefeln, er machte den Wald hell.

Das Bild in meinem Kopf, das sich mir eben so nachdrücklich entzogen hatte, formte sich. Eine Lichtung, auf der trotz des Winters kein Schnee lag. Seltsame Blumen blühten, deren Namen ich nicht kannte, mit schillernden Farben wie Regenbögen – sie dufteten so sehnsuchtsvoll. Wie war ich dorthin gekommen?

Dreizehn Bäume standen im Kreis um die Lichtung herum. Seltsame, knorrig geformte Stämme, moosbewachsen. Diese Bäume waren lebendig. Sie bewegten ihre Zweige, verbeugten sich vor mir; ich konnte die Wärme ihrer Rinde spüren. Sie sprachen nicht, aber ich hörte ihre Stimmen in meinen Gedanken. Sie faszinierten mich ebenso, wie sie mir Angst machten.

»Tochter der Sonnenwelt, komm in den Kreis«, sagten die Stimmen. »Heute ist es so weit. Die längste Nacht des Jahres bricht an, der Übergang wird sichtbar. Im Vollmond, ein Tropfen Blut, eine Träne: um den Riss zwischen den Welten zu verschließen.«

Es war so deutlich, als sei ich gerade jetzt dort.

»Und dann gebt ihr mir Garo zurück?«, rief ich laut in die Stille hinein.

»Was für ein Unsinn!«

Ich machte vor Schreck einen Satz, knickte mir den Knöchel um und fiel bäuchlings in den Schnee.

Den Sprecher sah ich zunächst nur von unten. Zitronengelbe Gummistiefel vor meiner Nase, eine schwarze Regenhose hineingestopft. Als ich aufstand, offenbarte sich mir der Rest der Farbkatastrophe: eine verschossene beigefarbene Regenjacke, darunter ein grüner Norwegerpulli. Auf die Brust eine Anstecknadel geheftet mit einem Zwei-Euro-Stück-großen Bild unter Glas: der Mond hinter Wolken. Über dem Rollkragen ragte ein so runzliges Gesicht auf, als sei mein Gegenüber weit über hundert Jahre alt.

Um den zu einem zynischen Lächeln verzogenen Mund sprossen graue Bartstoppeln.

So alt dieses Gesicht aussah, hellwache nebelgraue Augen musterten mich daraus.

Augen, deren Blick mich warnte, diesen Mann zu unterschätzen.

»Was für ein Unsinn«, wiederholte der Mann und grinste. »Junge Dame, du wirst doch nicht auf solch einen Quatsch hereinfallen. Eine verwunschene Lichtung und magische Bäume – wo gibt es denn so was? Es ist Zeit für deinen Gitarrenunterricht, oder?«

Ich fragte mich nicht, woher er wusste, was in meinem Kopf vorgegangen war. Im Moment spürte ich nur das Unbehagen, in seiner Gesellschaft zu sein. Es brannte mir ein Loch in den Magen, stieg die Speiseröhre hinauf und gärte in meiner Kehle.

Ich mochte den Kerl nicht. Aber das war nicht das Schlimmste. Ich hatte wirklich Angst vor dem, was er mit mir antun konnte.

Als er mich am Arm packte, bekam ich eine Ahnung davon, warum meine Mutter nicht wollte, dass ich in der Dunkelheit durch den Wald ging.

»Wir zwei gehen jetzt schön ein Stück gemeinsam«, sagte er.

Mein Mund war ausgetrocknet, und meine Zunge fühlte sich an wie Schmirgelpapier. Mein Herz hämmerte in meinem Kopf, und trotz der Kälte stand mir der Schweiß auf der Stirn.

In meinem Kopf kreisten die Gedanken, was ich tun konnte. Um Hilfe schreien? War ich noch nah genug an der Straße? Ich musste es versuchen.

Ich holte verstohlen Luft, als mich ein Blick aus seinen grauen Augen traf.

»Das kannst du dir schenken«, sagte er mit einem eiskalten Lächeln. »Hier hört dich niemand, Schatz.«

Sein Griff um meinen Arm war so fest, dass es schmerzte. Er zog mich weg vom Weg, zerrte mich über tiefhängende Äste und durch Sträucher. Ilexstacheln rissen mir die Haut auf.

Als ich mit dem Gitarrenkasten hängen blieb, zog er mir den Gurt von der Schulter.

»Den brauchst du nicht mehr.«

Mit einem hohlen Nachklingen schlug der Kasten auf dem Boden auf.

Ich versuchte nicht zu weinen.

»Bitte«, stammelte ich. »Bitte lassen Sie mich gehen.«

Seine Augen waren groß und grau und unstet wie Nebelschleier.

»Das kann ich nicht«, antwortete er. »Es steht zu viel auf dem Spiel.«

Zwischen den Bäumen war es bis eben finster gewesen, aber jetzt glitzerte auf einmal der Schnee.

Ich schaute nach oben: Der Mond war aufgegangen und stand winterklein und blau umrundet am Himmel. Er sah so tröstlich aus.

Der Mann machte eine Bewegung mit der freien Hand, und Wind kam auf. Wolken zogen heran, mit unglaublicher Geschwindigkeit, und verbargen den Mond hinter sich. Es wurde wieder dunkel.

Ich konnte kaum atmen vor Angst.

»Wer sind Sie?«, brachte ich heraus.

Er sah mich an, der Nebel in seinen Augen flackerte und versuchte mich einzuhüllen.

»Ich bin der Sonnenwächter«, antwortete er. Seine Stimme hatte einen seltsamen Nachhall. »Seit Jahrtausenden warten wir darauf, die Mondwelt endlich zu vernichten. Heute ist die Wintersonnenwende, und heute wird es ein Ende haben.«

Kälte durchströmte mich wie ein Schneerutsch.

Jetzt begriff ich, warum er von der Lichtung gewusst hatte.

Das war nicht irgendein Perversling. Der Mann hatte etwas mit dem Ort zu tun, an dem ich eben im Traum gewesen war.

Das Lied fiel mir wieder ein.

*»Uns rettet nur, wer die Brücke kennt,
die raunachts bei Vollmond die Welten trennt.«*

Das Wort »Raunächte« hatte ich schon gehört, es klang geheimnisvoll und ein bisschen beängstigend. War heute eine Raunacht? Wintersonnenwende, die längste Nacht des Jahres.

Ich schaute zum Himmel auf. Dort oben, irgendwo hinter den Wolken, verbarg sich der Vollmond.

Ich schauderte.

»Mach dir keine Gedanken«, sagte der Mann frostkalt. »Ich bringe dich nur an einen Ort, wo du diese Nacht in Ruhe überstehen kannst. Nur diese eine Nacht, dann ist alles vorbei. Du wirst nicht mehr träumen, und du kannst vergessen, was heute geschehen ist.«

Einen Moment lang hörte sich das tröstlich an.

Dann änderte sich meine Stimmung. Unter keinen Umständen wollte ich an diesen Ort.

»Ich muss meinen Hund zurückholen«, sagte ich.

Der Mann verzog das Gesicht zu einem wölfischen Grinsen.

»Du wirst den Hund vergessen«, antwortete er. »Deine Mutter kauft dir einen neuen.«

Er nahm mich bei den Oberarmen und schaute mir tief in die Augen. Ich sah den Nebel, wie er langsam aufstieg und nach mir griff. Um mich herum wurde alles grau. Der Nebel hüllte mich ein, machte mich schläfrig.

Etwas berührte schmerzhaft meine Pupille.

Ein Mondstrahl hatte mich ins Auge getroffen. Die Wolken waren an einer Stelle zerfasert, ließen das Licht durch.

Ich war nicht mehr schläfrig. Mein Herz schlug Stakkato. Ich versuchte mich aus dem Griff des Mannes zu befreien.

»Der verdammte Vollmond«, zischte er und packte mich fest an den Schultern.

Ich dachte über seine Augen nach. Ein bisschen Mondlicht würde den darin herrschenden Nebel erhellen.

Ich hörte auf, mich zu wehren. Ich sah ihn an. Er stieß ein erschrockenes Geräusch aus. Seine Augen huschten hin und her, versuchten meinem Blick zu entgehen, aber ich hielt ihn fest, so fest, wie er meine Schultern hielt.

Der Wald wurde hell. Die Wolken lösten sich auf.

Das Licht des Vollmonds traf meine Augen, ging durch mich hindurch, bahnte sich einen Weg zu dem Mann, der sich Sonnenwächter nannte.

Er gab ein gurgelndes Geräusch von sich. Er ließ mich los und bedeckte die Augen mit den Händen.

»Lauf!«, wisperte eine Stimme.

Ich drehte mich um und rannte.

Ich hörte ihn hinter mir schreien, Äste brachen, und Schnee kreischte unter seinen Gummistiefeln. Ich drehte mich nicht um, ich rannte auf eine Schneise von Mondlicht zu, die sich vor mir zwischen den Bäumen eröffnete.

Zweimal glaubte ich, seine Hand an der Kapuze meiner Daunenjacke zu spüren, beide Male gelang es mir, mich loszureißen.

Als ich den ersten Fuß in den mondhellen Schnee setzte, geschah etwas. Alles veränderte sich.

Die Geräuschkulisse um mich herum war fort: die im Frost ächzenden Bäume, der knisternde Schnee, das ganz ferne Motorenbrummen.

Es war still und fühlte sich ein wenig so an, als ginge ich durch Watte.

Die Luft war weich auf der Haut. Sie ließ sich schwerer atmen, als habe sie eine andere Konsistenz.

Ich spürte keine Kälte mehr.

Die Umgebung wurde unscharf, das Dunkel des Waldes zog sich vor mir zurück.

Es wurde immer heller. Weißes Mondlicht war um mich herum.

Ich hatte den Eindruck zu schweben. Ich fühlte mich schwerelos.

Dann hörte ich etwas. Ein hoher Ton, wie eine Glocke, der sich wiederholte, erwidert wurde von dem silbernen Klingen vieler kleiner Glöckchen.

Ich schwebte geradewegs in ein lichtes Grün hinein, so wie Sonnenlicht durch junge Blätter scheint.

Geleitet von silbernen Glockentönen.

Dann Stille.

Das Grün öffnete sich.

Ich stand auf der Lichtung aus meinem Traum, über die sich verschwenderisch das Mondlicht ausgebreitet hatte. Die bunten Blumen waren golden geworden. Ihr Duft ließ mein Herz vor Sehnsucht zerfließen.

Ein Blatt streifte meine Wange.

»Tochter der Sonnenwelt, du hast die Brücke überquert«, sagte eine Stimme in meinen Gedanken.

Ich taumelte. Ein Ast hielt mich, ich spürte die trockene Wärme einer Rinde, viele Stimmen waren in meinem Kopf. Berührungen von samtigen Blättern auf der Haut.

»Bist du bereit, die Mondwelt zu retten?«

»Ich verstehe das nicht«, murmelte ich. »Ich weiß nicht, wer ihr seid und wo ich hier bin.«

Die silbrig klingenden Glöckchen begannen wieder zu läuten. Die Bäume wiegten sich sanft vor und zurück.

»Dies ist die Welt hinter eurer Welt, die Welt, in die ihr nur in euren Träumen gelangen könnt – oder wenn ihr imstande seid, eure Augen weit genug zu öffnen«, antwortete die Stimme. »In früheren Jahrtausenden waren die Welten noch nicht so fern voneinander wie jetzt. Die Menschen konnten leichter zu uns gelangen. Das, was für euch heute einfach nur Dinge sind, hatte für die damaligen Menschen eine Seele. Sie konnten das Leben in einem Stein oder einem Baum erkennen. Diese Menschen werden immer weniger. Die Welten driften auseinander, drohen sich zu trennen. Doch wir sind nichts ohne eure Träume.«

»Gebt ihr mir Garo zurück?«, flüsterte ich.

Der Wind rauschte in den Kronen der Bäume.

»Die Brücke zwischen den Welten ist fast erloschen«, hörte ich. Das war keine Antwort auf meine Frage. »Beeile dich!«

Widerspruch regte sich in mir, in einem stillen Winkel meines Bewusstseins. Ich spürte den Nebel, sah wieder die grauen Augen des Mannes, die ihn dort hinterlassen hatten.

Ich war ein Kind der anderen Welt.

»Warum sollte ich das tun?«, fragte ich aufsässig. »Was habe ich davon? Ihr braucht uns, aber wir brauchen euch nicht. Wir können gut ohne euch leben. Ich will zurück in meine Welt, ich will meinen Hund haben. Es ist mir egal, was mit euch passiert.«

Es wurde ganz still. Die Glöckchen waren verstummt. Ich meinte von fern Autolärm zu hören.

»Überlege gut«, sagte die Stimme. Sie entfernte sich immer mehr. »Was wärt ihr ohne unseren Zauber? Was seid ihr, wenn ein Stein einfach nur ein Stein ist und ein Schatten nichts weiter als ein Schatten? Willst du das alles verlieren?«

Ich sah zum Himmel auf. Das Mondlicht wurde schwächer, der Tag war nah. Erinnerungen überfielen mich. Spiele, im sommerlichen Abendlicht, wenn die Tagesglut einer sanften Brise wich. Der Geruch des erhitzten Waldes. Die trockenen Erdkrumen unter meinen nackten Füßen, die die Sommerwärme gespeichert hatten und an mich weitergaben, wenn ich zu frösteln begann. Der herbstliche Wald in Feuerfarben, Bucheckern, Kiefern- und Tannenzapfen, deren rätselhafter Duft ein Geheimnis versprach. Wolkenverhangene, eisige Wintertage im Schnee, wo der Wald mich einhüllte wie eine tröstende Hand. Der blaue Geruch des Frühlings, wenn die Vögel Freiheit sangen und sich der Himmel öffnete für ein junges Jahr. Und die Steine am Wegrand hatten schon immer zu mir gesprochen.

Farben hinter den Schatten, Lichtfinger, die durch den Wald tasteten, geheimnisvolles Flüstern im Wind. Kein Nebelgrau.

Eine Träne rann über meine Wange. Ich ließ sie auf das ausgestreckte Blatt des Baumes tropfen.

Ich nahm eine Kiefernnadel und stach mir in den Finger. Der Blutstropfen vermischte sich mit der Träne: Die Essenz meines Lebens. Meine Träume für diese Welt.

Glöckchen erklangen, Wispern um mich herum, immer lauter, ein Klingen und Rauschen …

Sirren auf meinen Ohren.

Die Welt schwankte. Licht breitete sich vor mir aus, ich wurde hinein gedrängt. Ich machte einen Schritt und stürzte ab. Ich fiel und fiel.

Ich konnte an nichts mehr denken als an den Aufprall. Ich hatte Angst, doch der Schmerz blieb aus. Das Licht erlosch, alles war dunkel und still.

Ich lag im Schnee. Ich spürte etwas Kaltes, Großes neben mir: Mein Gitarrenkasten.

Ich stand auf, tastete nach dem Griff. In der Ferne ein Geräusch. Hundegebell.

»Garo!«, schrie ich.

Durch den Schnee sah ich den schwarzen Körper herangaloppieren. Garo stürzte sich auf mich, sprang an mir hoch, wir fielen zusammen um. Er leckte mir das Gesicht ab, küsste meine Tränen fort.

Ich hängte mir die Gitarre um und ging den Berg wieder hinauf.

Keine Gitarrenstunde heute.

Ich sah schon den Ausgang zur Straße, als ich Schritte hinter mir hörte: Das Quietschen von Gummistiefeln im Schnee.

Ich hatte einen Kloß im Hals. Garo knurrte tief in der Kehle.

Ich drehte mich um.

Es war der Mann von vorhin – oder doch nicht? Er trug dieselbe fürchterlich zusammengestellte Kleidung, aber sein Gesichtsausdruck war ganz anders.

Er wirkte verwirrt und lächelte mich zaghaft an.

»Entschuldige«, sagte er. »Ich habe mich anscheinend verirrt. Geht es da vorn raus aus dem Wald?«

Ich nickte.

»Danke«, sagte er und verbeugte sich vor mir. Als er an mir vorbeiging, griff er an den Jackenkragen und zog die Anstecknadel ab. Er ließ sie achtlos in den Schnee fallen. Einen Moment später war er auf der Straße verschwunden.

Ich hob die Nadel auf: Das Bild hatte sich verändert, es zeigte einen weiß leuchtenden Vollmond.

Ich schloss die Hand darum und schob sie in die Hosentasche.

Ich, die Wächterin der Mondwelt.

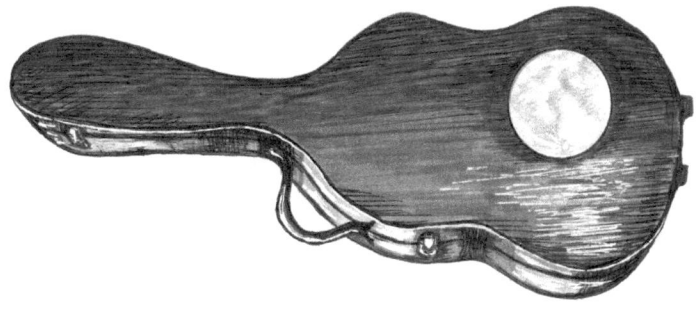

Anke Höhl-Kayser, Jahrgang 1962, ist gebürtige und überzeugte Wuppertalerin. Sie studierte Literaturwissenschaften in vier Fächern und machte ihren Abschluss als M.A. an der Ruhr-Universität Bochum. Seit 2009 ist sie als freie Lektorin und Autorin tätig. Sie hat bislang sieben Romane und zahlreiche Kurzgeschichten in Anthologien veröffentlicht. Bekannteste Werke: »Irgendwas mit Wuppertal« (mit Torsten Buchheit und Annette Hillringhaus), »Die Schatten von Sev-Janar« und »Magische Novembertage – Ein märchenhafter Aufstand auf Sylt«. Zuletzt sind »Der Zeitwandler – Restart« und »Mondlicht in deinen Augen« im Bookshouse-Verlag erschienen. Weitere Veröffentlichungen stehen bereits in den Startlöchern.

Weitere Informationen auf: www.hoehl-kayser.de

Anna Dorb

(K)ein Riesending

ust zu dem Zeitpunkt, als die Sonne durch das Teufelsloch schien und ihr gebündelter Strahl genau auf den Eingang der Höhle traf, fielen die Worte:

*»Pfifferling und brauner Bär –
wenn's jetzt nichts wird, dann nimmermehr.
Heute noch – wir werden sein – aus Untersberger Marmorstein!«*

Und so geschah es …

Viele Jahre waren vergangen, bis Hannes im noch dämmrigen Morgenlicht am Untersberg entlang stapfte. Nur ein schwaches Lüftchen wehte durch den Herbstwald. Die bereits bunt verfärbten Blätter tanzten um ihn herum und wirbelten die Nebelschleier auf, die sich zwischen den knorrigen Baumwurzeln und -stämmen ausgebreitet hatten. Nur langsam lösten sie sich auf und gaben so mehr und mehr den intensiven Duft des feuchten Mooses frei. Kurz blieb Hannes stehen und atmete tief ein.

Die zuvor unsichtbare frische Luft füllte seine Lungenflügel, und als er sie wieder ausatmete, zog sie, nun sichtbar geworden, wie eine Geistererscheinung durch die kühle Umgebung und wurde eins mit dem Nebel. Er ging weiter, über mit Moos bewachsene Steine und kleine Hügel, und knickte hier und da mit dem Fuß um, wenn er in die Vertiefungen trat, die er vor lauter Gras und Gestrüpp nicht gesehen hatte. Nein, es war kein erschlossener oder befestigter Weg, den er ging. Er lief einfach kreuz und quer durch dieses riesige Waldgebiet. Zum ersten Mal war er hier in dieser Gegend, und die fremde Umgebung übte einen ganz besonderen Reiz auf ihn aus. Einen Menschen, der bewusst die Abgeschiedenheit von der Zivilisation suchte und dafür gar nicht weit fahren musste. Jemanden, der lediglich mit sich ins Reine kommen wollte.

Deutlich konnte er spüren, wie sich in ihm allmählich eine gewisse Ruhe ausbreitete. Als wollte sich Zufriedenheit in ihm festsetzen. Nur dieses Rascheln im Gebüsch, das ihn zu verfolgen schien, kam ihm vor wie ein Wispern. Als tuschelte jemand über ihn.

Ach, du spinnst ja, dachte er und ging weiter.

In Gedanken vertieft merkte er nicht, dass er inzwischen nicht nur einen weiten Weg zurückgelegt, sondern auch viele Höhenmeter erklommen hatte. Die Sonne hingegen hatte ihren Zenit für diesen Tag längst noch nicht erreicht, doch recht viel höher würde sie sowieso nicht mehr steigen. Nicht zu dieser fortgeschrittenen Jahreszeit. Schon beinahe seitlich schickte sie ihre Strahlen durch den Wald, durchsiebte ihn mit Licht, das sich an jedem Baum, an jedem Ast, brach.

Schön sah das aus. Und gespenstisch.

Neben Hannes rauschte vom Berghang das Wasser eines Baches hinab. Unzählige Tropfen stäubten in die Luft und verwandelten dieses Zusammenspiel von Flieh- und Schwerkraft in ein rasantes und zugleich tänzerisches Schauspiel. Neugierig, ob der Anblick von der anderen Seite des Baches noch hübscher sei, schritt er ein paar Meter weiter, drehte sich um und betrachtete das Ganze nun mit der Sonne im Rücken.

Ein Regenbogen, wenn auch recht klein, offenbarte sich in seiner ganzen Pracht, und Hannes' Antlitz erschien mit einem Mal deutlich glatter und milder. Sogar die Sorgenfalten zwischen seinen Augen waren beinahe verschwunden.

Und da entdeckte er die beiden. Trotz der Gischt und der Verwirbelung des Wassers, das sie zu verstecken versuchte. Unscheinbar, beinahe farblos mit einem Hauch von rosa-weiß-grau, nicht einmal einen halben Meter groß, unbeweglich und starr, aber auch sehr feingliedrig und glatt: zwei zierliche Figürchen von weiblicher Gestalt mit ziemlich kurzen Röckchen. Eines stand links im Sturzbach, das andere rechts gegenüber. Eine gewisse Anmut lag in ihrer Haltung. Die Figur rechts schien einen Taktstock zu schwingen, während die andere ihre Arme abwehrend vor ihr Gesicht hielt, als fürchtete sie sich. Doch dem aufmerksamen Betrachter entging nicht, dass sie zwar ängstlich wirkte, aber auch neugierig durch ihre gespreizten Fingerchen hindurch sah. Ein großer Schirm stand neben ihr, beschützte sie vor dem Wasser.

Neugierig trat Hannes näher und machte an der Unterseite des Schirmes Lamellen und am Stiel ein fleckiges Muster aus. Die Oberseite hingegen war ganz glatt und spiegelte. Der Schirm sah aus wie ein versteinerter Parasol. Ein Riesenschirmpilz mit blank geschliffener Oberseite.

Richtige kleine Kunstwerke waren das; filigranste Steinmetzarbeit in Marmor.

»Wunderschön!«, stieß Hannes aus und überlegte, wer etwas so Wundervolles, etwas künstlerisch so Ausgefeiltes hierher in den tiefen Wald gebracht haben könnte. Weshalb aber wurde es in diesem Sturzbach zurückgelassen?

Fasziniert von seinem Fund tastete Hannes sich näher heran, und kurz bevor er selbst gänzlich unter dem Sturzbach verschwand, entdeckte er noch etwas: ein mannshohes Loch in der Felsenwand genau hinter dem Wasserfall, den Eingang zu einer Höhle, deren Ausmaße er jedoch nicht ohne Weiteres bestimmen konnte. Er müsste hineingehen … Eine Überlegung, die ihn völlig von den Figuren ablenkte, als er plötzlich jemanden sagen hörte: »Was suchst du?«

Hannes schreckte zurück und rutschte beinahe auf dem nassen, glitschigen Boden aus. Aufgeregt sah er sich um, konnte jedoch niemanden entdecken.

»Was suchst du?«, wiederholte die Stimme. Eine weibliche, mauspiepsige Stimme war das. Hannes traute seinen Ohren und auch seinen Augen nicht. Die Stimme musste zu einer der Figuren gehören! Abwechselnd fuhr er sich durch die Haare und rieb sich die Augen.

»Sag mal, bist du stumm? Oder taub? Ich habe dich etwas gefragt!«, motzte es von links.

»Oh …, äh …, tut mir leid«, stammelte Hannes und wandte sich dem Stimmchen zu, »Wer seid ihr?«

»Erst musst du antworten. Ich habe dich zuerst etwas gefragt!«

»Nun ja, ich bin mir nicht sicher, was du meinst, aber so wie du mich fragst, denke ich, dass ich auf der Suche nach einer Antwort bin.«

»Aha! Du suchst also eine Antwort?«

»Mh – ja, tatsächlich«, gab er zu, als es ihm selbst gerade erst klar wurde.

»Eine Antwort hat er gesucht – gefunden hat er uns«, kam es nun von rechts und die Figur mit dem Taktstock kicherte.

»Also, raus jetzt mit der Sprache! Wer seid ihr?«

»Das da drüben ist Konfusiusine, und ich bin Raufunkel. Wir sind … «, begann das Figürchen links und senkte dann traurig ihren Blick. »Wir waren … Also beinahe wurden wir – Waldfeen. Doch kurz bevor es soweit war, gab es diesen unglücklichen Zufall und wir verwandelten uns zu Stein.«

Gebannt hörte Hannes zu und glaubte, auf der Wange der Figur eine Träne ausmachen zu können. Es konnte aber auch ein Tropfen vom Bach gewesen sein, der sich trotz der Beschirmung hierher verirrt hatte.

»Ha!«, moserte nun Konfusiusine. »Zufall? Püh! Von wegen! Ein abgekartetes Spiel war das. Hinterlist und Tollerei! Und wir sind darauf hereingefallen.«

»Wieso? Ich verstehe nicht … Wer hat euch das angetan?«

»Ach«, sprach sie weiter, »die schlafende Hexe war das, und der Teufel hat ihr dabei geholfen. Und das nur, weil sie so wütend darüber war, dass sie selbst für alle Ewigkeiten in Stein geformt daniederliegen und aussehen muss, als schliefe sie. Du kannst sie übrigens sehen. Sie befindet sich genau hinter dir.«

Schon wieder zuckte Hannes vor Schreck zusammen, doch als er sich umdrehte, konnte er keine Hexe sehen. Schon gar keine liegende. »Hihihi«, kicherten die seltsamen Figürchen synchron, »du darfst deinen Horizont ruhig ein wenig erweitern.«

Nun hob er den Kopf, blickte in die Ferne, und als er das gegenüberliegende riesige Bergmassiv betrachtete, schlug er sich mit der Hand an die Stirn. Ganz deutlich konnte er die »*Schlafende Hexe*« als Silhouette des Gebirges ausmachen: die hohe Stirn, die große Hakennase, das hervorstehende Kinn, die aufragende Brust …

»Weißt du …«, begann nun Raufunkel unter ihrem spiegelglatten Schirm zu erzählen, »wir beide wollten immer so gerne zu den richtigen Feen gehören. Doch irgendetwas haben wir verkehrt gemacht. Eines Tages, es war mitten im Winter, hatte Konfusiusine gerade wieder eine Zauberformel ausgesprochen, als genau in diesem Moment die Sonne durch das Teufelsloch strahlte und der Zauber wahr wurde. Dummerweise hat sie uns damit in Stein verwandelt, und wir wissen nicht, wie sich das wieder rückgängig machen lässt.«

Wieder sah es aus, als kullerten ein paar Tränen über ihr feines Gesicht.

Konfusiusine führte die Ausführung von Raufunkel fort: »Ich war so verzweifelt, weil unsere unzähligen Versuche zuvor nicht erfolgreich waren, dass ich vor lauter Ungeduld diesen Unsinn ausgesprochen habe. Ausgerechnet dieser Wunsch wurde Wirklichkeit. Raufunzel spürte gleich, dass diesmal etwas passieren würde. Deshalb steht sie auch so eigenartig da.«

Nun wollte Hannes es aber ganz genau wissen und fragte: »Soweit ich informiert bin, können Verwünschungen IMMER durch irgendetwas oder irgendjemanden rückgängig gemacht werden. Es muss also auch in eurem Fall eine Lösung geben.«

Raufunzel stellte das Weinen ein und blickte ihn mit ihren großen Augen durch ihre Finger hindurch fragend an. »Ja, meinst du denn, wir hätten nicht schon alles versucht? Viele kamen schon vorbei und wollten uns helfen, doch …«

Konfusiusine fiel ihr ins Wort: »Schnickelischnack! Sei nicht so egoistisch. Keiner von denen, die es versuchten, ist je wieder herausgekommen. Ich glaube nicht mehr daran, dass es einen gibt, der DAZU fähig sein wird.« Sprach es und im selben Moment sah sie Hannes genau in die Augen. Ihr Blick schien ihn zu durchbohren, als sie ihn fragte: »Hannes, du hast gesagt, dass du eine Antwort suchst. Auch wir suchen eine Antwort, zu der du die Frage nun kennst. Sag mir bitte, was bedrückt dich?«

Das Vogelgezwitscher, das Grillenzirpen, selbst das ständige Geraschel im Unterholz erstarben mit einem Mal und eine beinahe unerträgliche Stille machte sich breit. Nicht einmal das Rauschen des Sturzbaches war noch zu hören, und eine Spinne, die ein neues Netz bauen wollte, hielt in ihrer Arbeit inne. Es hatte den Anschein, als wären allen Lebewesen, Bäumen, Hecken, Sträuchern und Gebüschen, ja selbst dem Gras und dem Wasserfall plötzlich Ohren gewachsen und sie warteten nun auf Hannes' Ansage.

Irritiert über den festen Ton, den Konfusiusine angeschlagen hatte, und die plötzliche Stille, räusperte er sich kurz und meinte: »Es ist, ach, ich möchte doch nur wissen, was ich tun soll. Meine Frau – sie – also, wir stecken in einer Krise und ich weiß einfach nicht, weshalb. Wenn ich es wüsste, könnte ich dem vielleicht ein Ende bereiten und wir wären wieder glücklich miteinander.«

Sofort waren alle Geräusche wieder zu hören. Gerade so, als setzten alle Zuhörer, enttäuscht durch diese Belanglosigkeit, ihr Tagwerk fort. Raufunkel kicherte leise, wofür sie von Konfusiusine mit einem strengen Blick bedacht wurde.

»Ich weiß schon«, versuchte Hannes sich zu rechtfertigen. »Das klingt für euch natürlich nicht besonders ernst, wenn man eure Lage bedenkt. Aber für mich ist meine Frau ganz einfach das Wichtigste auf der Welt.« Traurig setzte er sich auf einen Stein und ließ den Kopf in seine Hände sinken. »Wisst ihr, ich bin geschäftlich sehr erfolgreich, habe die besten Ideen in meiner Firma umsetzen können und es so zu Wohlstand und Anerkennung gebracht. Doch in dieser Sache scheine ich zu versagen. Und ohne sie hat mein Leben keinen Sinn.«

Konfusiusine und Raufunkel schauten sich kurz an und waren sich sofort einig. Sie würden es mit Hannes versuchen. Er sollte der Nächste sein, den sie in die Höhle schicken würden.

»Hannes«, begann Konfusiusine, »würdest du uns helfen? Gelingt es dir, wird auch dir geholfen. Doch es droht Gefahr. Viele haben es bereits versucht …« Sie hielt einen Moment inne, bevor sie weitersprach: »… sie kamen nie wieder heraus – aus der Höhle.«

Hannes hob den Kopf und sagte: »Einzig meine Frau ist mir wichtig. Wenn ich die Möglichkeit bekomme, sie zurückzugewinnen und gleichzeitig euch zu helfen, dann werde ich es versuchen.«

»Nun gut«, beschloss Konfusiusine. »Dann geh also hinein. Dort wirst du erfahren, wie du uns und dir selbst helfen kannst. Frurzel war bisher noch bei jedem dabei, der versuchte, hinter das Geheimnis zu kommen. Er wird auch dir ein hilfreicher Kamerad sein.«

»Frurzel? Wer ist denn Frurzel?«, fragte Hannes.

»Frurzel hat dich schon die ganze Zeit begleitet. Er sitzt dort oben im Baum.«

Hannes sah nach oben in die Baumkrone, die über ihm in den Himmel ragte. Entdecken konnte er Frurzel nur, weil dieser ihm zuwinkte. Er war ebenfalls von kleiner Gestalt, wie aus Wurzelwerk geschaffen. Sehnig, drahtig, knochig, mit zwei listigen Augen, die man auch als Astlöcher beschreiben könnte. Er zwinkerte Hannes zu.

»Ach! Sieh mal einer an!«, rief Hannes aus. »Hier also steckt der kleine Raschelgeist, den ich die ganze Zeit zwar hören, jedoch nie sehen konnte. Na, du bist mir ja einer!«

Frurzel hüpfte vom Baum und machte vor Hannes einen tiefen Diener. »Ich dachte mir schon, dass du es sein wirst, der den Feen helfen wird, wollte aber erst abwarten, ob es wirklich so weit kommt. Von daher … Verzeih mir bitte. Keinesfalls wollte ich dich erschrecken.«

Hannes musste sich ein Lachen verkneifen, als er Frurzel zur Begrüßung seine Hand entgegenstreckte und meinte: »Nun, dann will ich dir das gerne nachsehen. Doch jetzt lass uns keine Zeit mehr verlieren. Machen wir uns auf den Weg.«

Kaum waren sie durch den Wasserfall hindurch und außer Hörweite, sagte Raufunkel zu Konfusiusine: »Hoffentlich schafft er es. Du siehst zwar zur Zeit wunderhübsch aus. So hübsch wie noch nie, doch ich fürchte, der Zenit ist überschritten.«

»Ja, dein Schirm wird auch immer dünner«, antwortete Konfusiusine und senkte traurig den Blick …

Erst nach einigen Metern hinter dem Wasserfall fiel Hannes ein, dass er gar keine Taschenlampe oder ähnliches bei sich hatte. Kurz bevor das Licht von außen zu verschwinden drohte, konnte er aber im Höhleninnern eine neue Lichtquelle ausmachen. Frurzel schien die Höhle tatsächlich zu kennen, denn trotz seiner kurzen Beinchen ging er schnell und sicher auf diesem holprigen und steinigen Weg. Hannes folgte ihm vorsichtig und konzentriert und hatte Mühe, Schritt zu halten. Der Lichtschein kam immer näher und kurz vor einer Biegung blieb Frurzel stehen und bedeutete Hannes leise zu sein: »Pst! Wir schauen erst mal nach, ob er hier ist.«

Hannes fragte: »Wer denn? Wer soll hier sein?«

»Salbrei. Er wacht über die Höhle und die Lichter. Aber je heller es ist, desto wahrscheinlicher ist er hier.«

Vorsichtig spitzten sie um die Ecke. Frurzels Wurzelkopf ziemlich weit unten, Hannes' Kopf ein ganzes Stück darüber.

Die Wände der Höhle waren mit Lichtpunkten übersäht. Und hier und da, hinter größeren Felsen und in Nischen, kamen noch größere und hellere Lichter zur Geltung.

Und da sahen sie ihn – Salbrei!

Er saß auf einem großen Stein, einen Stab in der linken Hand. Ein dunkler Umgang umhüllte ihn beinahe gänzlich. Nur die untere Gesichtshälfte war zu erkennen. Da hob er auch schon den Kopf und richtete den Blick seiner stechenden Augen sofort auf die beiden Besucher.

»Was steht ihr da herum? Frurzel, komm zu mir und bring deinen Freund mit.«

Frurzel zupfte Hannes am Hosenbein und zog ihn weiter.

»Komm nur mit. Vor ihm brauchst du dich nicht zu fürchten. Vorerst zumindest.«

Während sie auf Salbrei zugingen, schien die Helligkeit plötzlich etwas nachzulassen. Salbrei stand auf, stieß mit seinem langen Stab gegen eines der größeren Objekte und meinte: »He, du Faulpelz! Wirst du wohl …?« Sofort wurde es wieder heller. Das Teil strahlte wieder so stark wie zuvor. Beim näheren Hinsehen erkannte Hannes, dass es aussah wie ein roter Tintenfisch mit rotem Umhang. Und dieser Tintenfisch leuchtete! Genau wie seine Artgenossen, die in unregelmäßigen Abständen in der Höhle verteilt waren. Der helle Hintergrund funkelte und Hannes glaubte beinahe, dass sich die Wände bewegten. Doch als er auch dies genauer betrachtete, konnte er Abermillionen von Glühwürmchen ausmachen. Was für ein schöner Anblick das doch war. Zu Hause konnte er sich ein solches Gewusel bestimmt nicht vorstellen, doch hier in dieser Höhle, von verzauberten Feen hinter einem Wasserfall verziert und einer dunklen Gestalt mit knochig-hölzernem Gehilfen bewacht, passte es durchaus. Merkwürdig … Weshalb wunderte er sich gar nicht mehr darüber? Vielleicht, weil ihm der ganze Tag schon sehr seltsam und unwirklich vorkam.

Salbrei riss ihn aus seinen Gedanken: »Diese Art kommt hier häufig vorbei. Sie leben normalerweise in der Tiefsee und leuchten auch dort. Du musst wissen, dass vieles, was hier bei mir landet, von einem ganz anderen Teil der Erde kommen kann. Ebenso ist es mir möglich, einiges von hier verschwinden zu lassen, und wenn es Glück hat, taucht es woanders wieder auf.«

»Du meinst also, meine Vorgänger sind auch – irgendwo – auf der Erde gelandet?«

Hannes wurde es jetzt doch etwas mulmig, denn Salbrei antwortete ihm nicht. Er lächelte nur sehr geheimnisvoll. Frurzel lauschte stumm und reglos.

Salbrei setzte sich wieder auf seinen Stein und fragte Hannes, ob er bereit sei für die Prüfung. Hannes, der sich bewusst war, dass er ohnehin keine Wahl hatte, nickte kurz und schluckte so trocken und laut, dass es von den Wänden widerhallte. Wieder setzte Salbrei dieses Lächeln auf, von er nicht sagen konnte, ob es wohlwollend, gerissen oder überheblich war.

»Nun«, sprach Salbrei, »wir wollen nicht mehr Zeit schinden als nötig. Es könnte sonst zu knapp werden … Frurzel, wenn du mir bitte die erste Rolle reichen würdest …«

Sofort setzte sich Frurzel in Bewegung, ging in eine Ecke ziemlich weit nach hinten und holte aus einem Sack eine Schriftrolle hervor. Fransig und brüchig sah sie aus. Eine Rolle aus der Rinde einer Papierbirke. Er reichte sie Salbrei, der sie öffnete. Doch bevor er zu lesen begann, erklärte er: »Es handelt sich hier um eine jener Zauberformeln – mit denen Konfusiusine und Raufunkel keinen Erfolg hatten. Du musst mir sagen, was du davon hältst.«

Er streckte sich, räusperte sich kurz, aber sehr theatralisch und verlas den Reim:

>»*Moos-Gebeine, Hasenkiemen,*
>*aus Bienenleder sind die Riemen*
>*Blindensicht und Dreieckskreis,*
>*ab morgen gibt es blauen Mais!«*

Hannes glaubte sich verhört zu haben. Was war das denn? Er ahnte schon etwas, denn ihm konnte so leicht nichts vorgemacht werden. Doch er wollte sicher sein und fragte: »Gibt es nur diese eine Zauberformel oder ist es gestattet mehrere zu hören?«

»Du bist gut Hannes! Das hat bisher noch keiner zu fragen gewagt. Ich kann dir Zauberformeln von den beiden vorlesen, so viele du brauchst oder hören möchtest.«

Salbrei hob nur kurz seinen Stab, und schon holte Frurzel eine weitere Schriftrolle.

>»*Quallenhirn und Krötenhaar,*
>*duft'ger Mist so wunderbar.*
>*Ist der Riese noch so klein,*
>*ab jetzt wir werden Feen sein!«*

Obwohl es Hannes innerlich bereits zu zerreißen drohte, erlaubte er sich vorerst nur ein zögerliches Grinsen.

»Noch eine, bitte.«

Frurzel eilte los und Salbrei hielt ihm wartend die offene Hand entgegen.

»*Milde Härte, Steingeweich,*
was wir ernst nehmen, ist uns gleich.
Donnerleuchten, Blitzegrollen,
Fee sein ist es, was wir wollen!«

Hannes konnte sich kaum noch beherrschen und sah den beiden anderen an, dass sie große Mühe hatten, ihr Lachen zurückzuhalten.

»Bitte noch eine … die letzte.«

»*Froschkanone, blindes Ohr,*
das lahme Huhn trifft gern ins Tor.
Ein Pferd mit Flossen fliegt sehr hoch,
es zeigt den Weg zum Teufelsloch!«

Jetzt war es ganz aus. Hannes konnte sich nicht mehr halten. Trotz der bedrohlichen Lage, in der nicht nur er steckte, lachte er so laut und schallend, dass es bis zur Höhle hinaus zu hören war. Salbrei und Frurzel stimmten mit ein, während, draußen, Konfusiusine und Raufunkel einander irritiert anblickten. Wären sie in der Lage gewesen, hätten sie auch noch mit den Schultern gezuckt.

»Genug! Ich kann nicht mehr«, stieß Hannes hervor und wischte sich mit dem Hemdsärmel die Tränen vom Gesicht. »Ich denke, nein, ich bin mir jetzt absolut sicher, dass ich weiß, worauf ihr hinauswolltet.«

»Und?« Erwartungsvoll sahen Salbrei und Frurzel ihn an.

»Also … ich möchte die zwei *Feen* ja nicht beleidigen, aber was um alles in Welt haben sie sich dabei nur gedacht, solch absurden, konfusen Firlefanz als Zauberformeln zu wählen? Bis auf einen einzigen Ausdruck gibt es diese alle nämlich gar nicht.«

»Und welchen meinst du Hannes?«

»Na das Teufelsloch. Das gibt es wirklich.«

Salbrei und Frurzel warfen sich einen vielsagenden Blick zu.

»Nun gut. Du bist also dahinter gekommen, was sie falsch gemacht haben«, setzte Salbrei an. »Dazu gratuliere ich dir schon mal. Nun sollst du auch erfahren, wie sich alles zugetragen hat. Die beiden haben als Feenanwärterinnen immer einen solchen Unsinn vor sich hin geredet, dass die Schlafende Hexe gar nicht einschreiten musste. Solange sie diesen Unfug betrieben, brauchte sie sich um ihre alleinige Herrschaft in dieser Gegend keine Gedanken zu machen. Doch als das Wort ›Teufelsloch‹ fiel, musste sie handeln. Wie du richtig erkannt hast, gibt es das tatsächlich. Es liegt der Schlafenden Hexe zu Füßen. Kämen die zwei Feenanwärterinnen auf einen korrekten Spruch, stünden der Hexe zwei vollwertige Feen gegenüber, imstande, gegen sie zu intrigieren. Das wollte sie natürlich verhindern, indem sie eine List anwendete. Sie sorgte bei nächster Gelegenheit, als sich die beiden zu Feen verwandeln konnten, für Verwirrung, und Konfusiusine, die an der Reihe war, wählte zwar verwandlungsfähige, doch wie wir wissen, keine glücklichen Worte.«

Hannes unterbrach ihn, denn er hatte mit einem Mal das Gefühl, dass sie unter Zeitdruck stünden: »Bitte entschuldige, Salbrei, dass ich dich unterbreche – aber sag mir: Kann ich den beiden helfen? Ich meine, ist es möglich, dieses Unglück rückgängig zu machen?«

Salbrei lächelte und meinte: »Auch diese Frage spricht für dich! Du hast einen wachen Verstand und begreifst schnell. Für die Rückwandlung ist wieder ein Zauberspruch notwendig, und die Sonnenkonstellation muss stimmen: Die Sonne MUSS durch das Teufelsloch hindurch scheinen und ihr Strahl auf die Anwärterinnen treffen. Das ist erst in ein paar Wochen wieder möglich. Vorausgesetzt, es ist ein so schöner, wolkenloser Tag wie heute und das Teufelsloch schneefrei!

Das Unglück liegt schon sehr lange zurück. Viel Wasser ist seitdem den Untersberg hinuntergeflossen und hat seine Spuren hinterlassen. Nicht nur am Berg, sondern vor allem an Konfusiusine.

Sie sah damals ganz anders aus als heute, war gar nicht schön anzuschauen. Eine sehr große Nase und Warzen im Gesicht hatte sie. Stell dir einfach die Schlafende Hexe im Stehen vor, dann kannst du dir ein Bild machen. Das Wasser jedoch hat über die vielen Jahre hinweg die Hässlichkeit von ihr weggeschliffen. Sie wurde immer schöner und zarter. Raufunkel hingegen war immer schon ein lieblich anzusehendes Wesen. Ihr Antlitz wurde durch den Riesenschirmpilz vor der Vergänglichkeit geschützt. Bis jetzt! Denn der Zenit ist überschritten und das Wasser schleift unaufhaltsam weiter. Konfusiusine und Raufunkel würden zuerst ihre Gesichter verlieren und letzten Endes ganz verschwinden.«

Die schwerwiegenden Worte Salbreis hallten noch eine ganze Weile nach, doch Hannes ordnete blitzschnell seine Gedanken.

Er hatte bereits einen Plan und fragte: »Was wäre, wenn die Sonne schon heute durch das Teufelsloch scheinen könnte?«

Diesmal war es an Salbrei und Frurzel überrascht zu sein. »Einen Versuch wäre es wert, doch wie willst du das anstellen?« fragte Salbrei.

»Ich hätte da eine Idee …«, antwortete Hannes und starrte sinnierend ins Leere.

Salbrei verstand, dass Hannes seine Idee nicht äußern würde, und meinte nur: »Nun, ein Versuch kann UNS nicht schaden. Nimm Frurzel mit. Er wird dir helfen, wenn er kann.«

»Ja, ich brauche ihn tatsächlich. Und ich brauche auch dich. Meine Vorgänger hast du weiß Gott wohin gebracht. Nun sieh zu, dass du mich zum Teufelsloch und wieder zurück bringst. Aber zuerst muss ich noch etwas holen. Ich bin gleich wieder da, hörst du? Wir müssen das heute noch hinter uns bringen, denn das Wetter schlägt morgen um, und ich kann nicht länger hierbleiben! Frurzel, gib mir bitte ein Stück von dem Pergament, ich möchte etwas aufschreiben.«

»Was hast du vor?«, wollte Frurzel wissen, doch Hannes schwieg. Er dachte nach und kritzelte auf dem Weg nach draußen etwas auf die brüchige Baumrinde. Erst als sie wieder vor der Höhle bei Konfusiusine und Raufunkel standen, fand er die Sprache wieder.

»So, die Damen, Folgendes … Frurzel wird hierbleiben und Ausschau halten. Sobald er die Sonne durch das Teufelsloch blitzen sieht, wird er euch ein Zeichen geben und ihr zwei Hübschen werdet diesen Spruch hier aufsagen.« Damit übergab er Frurzel die Notiz und fuhr fort: »Er wird euch das Pergament lesen lassen, ihr dürft die Worte jedoch keinesfalls vorher aussprechen. Lernt sie auswendig – es ist ja nicht viel. Und wenn es soweit ist, dann sprecht die Zauberformel!« Nach kurzem Nachdenken fügte er hinzu: »Gemeinsam! Sicherheitshalber.«

Dann griff er mit beiden Händen nach dem Riesenschirmpilz, der über Raufunkel wachte und brach davon den Deckel ab. »Entschuldigt bitte, aber den muss ich mir kurz ausborgen. Ich bringe ihn euch wieder.«

So schnell er konnte, ging er zurück zu Salbrei in die Höhle und verlangte, sofort zum Teufelsloch gebracht zu werden.

Salbrei nickte und erhob lächelnd seinen Stab. Er forderte Hannes auf: »Schließe deine Augen.« Und Hannes gehorchte …

Nur eine Sekunde später zog es so heftig an Hannes' Kopf, dass er reflexartig seine Augen wieder öffnete. Das Teufelsloch lag direkt vor ihm. Er hat diese Lücke senkrecht im Berg sofort als das erkannt, was sie war: ein Loch im Gestein. Wie eingebrannt!

Er sah hindurch und suchte die Stelle, an der Konfusiusine und Raufunkel auf ihre Erlösung hofften. Den Wasserfall konnte er nur erahnen, doch er hatte keine Zeit, weiter nachzudenken, ob er richtig lag mit seiner Vermutung. Die Sonne – sie würde unerbittlich untergehen. Schnell nahm er den Schirm und richtete ihn gegen die Sonne, sodass sie auf seiner spiegelglatten Oberseite reflektierte und durch das Teufelsloch in Richtung Höhle strahlen konnte.

Frurzel war überrascht, wie schnell das ging und gab den versteinerten Wesen das Zeichen, dass sie nun sprechen sollten.

Mit dem Brustton aller Überzeugung rezitierten sie:

»Beim langen Schlaf von Karl, dem Kaiser,
nach ew'ger Zeit sind wir jetzt weiser.
Tief und groß das Riesending

> *lebendig sind wir mit dem Pling!*
> *Können nicht nur wieder geh'n,*
> *ab sofort sind wir auch Feen!«*

Und als der Sonnenstrahl gleichzeitig mit diesen Worten auf die Höhle fiel, da machte es tatsächlich: »Pling!«

Die Feen regten und streckten sich: Sie waren aus ihrer steinernen Starre erlöst! Sie freuten sich so sehr, dass sie gleichzeitig lachen und weinen mussten. Frurzel freute sich mit ihnen, und in einem Dreierreigen tanzten sie noch immer, als Hannes schon längst wieder zu ihnen gestoßen war. Wie versprochen hatte er den Pilzdeckel wieder mitgebracht und hielt ihn nun vor Konfusiusine und Raufunkel hin. Sie sahen hinein und betrachteten ihr Spiegelbild. Sie waren fassungslos. Während sich Raufunkels Gesicht nicht verändert hatte, war Konfusiusine einfach nur schön geworden.

Salbrei stand im Höhleneingang und beobachtete zufrieden die Szenerie. Er dachte daran, dass Konfusiusine sich als hässliche Fee gar nicht so gut gemacht hätte, und konnte diesem vermeintlichen Unglück als Erster eine weitere glückliche Wendung abgewinnen. Er lächelte.

Doch dann musste er Hannes ermahnen: »Hannes, es ist spät. Geh nach Hause! Zu deiner Frau. Es wird alles gut!«

Hannes schluckte trocken und wollte wissen: »Gut? Ich konnte zwar den Feen helfen, doch die Antwort auf meine Frage habe ich noch nicht bekommen.«

Da lachten alle, und Hannes bekam einen roten Kopf. Ob vor Wut oder Scham, das wusste er in diesem Moment selbst nicht.

Konfusiusine konstatierte: »Ein Mann, so gescheit wie du ... du, der uns als Einziger helfen konntest, nur indem du aufmerksam zuhörtest, weißt die Antwort auf deine Frage nicht? Ach, Hannes ... jetzt müssten wir ein wenig enttäuscht von dir sein!«

Und als Hannes, ganz bleich geworden, fragte: »Ich muss ihr nur ZUHÖREN? Das ist – alles ...?«, grinsten alle vier und nickten ihm aufmunternd zu.

»Du wirst es erleben!« Mit diesen Worten und einem kräftigen Schlag auf die Schulter, verabschiedete Salbrei Hannes.

Als er sich auf halbem Weg noch einmal umdrehte, konnte er keinen Regenbogen mehr erkennen. Nicht um diese Jahreszeit. Doch schon jetzt spielte er mit dem Gedanken, eines Tages wieder zurückzukommen, um seine gescheiterten Vorgänger zu erlösen.

Es muss doch möglich sein!

Anna Dorb, 1965 in Marktheidenfeld am Main geboren und mit vier Geschwistern aufgewachsen, kam nach ihrer Ausbildung zur Hotelfachfrau nach Bad Reichenhall, wo sie bis heute mit ihrem Mann lebt. Der zugelaufene Kater »Herr Hämpfel« war es, der sie zunächst dazu animierte, seine Geschichten aufzuschreiben und diese (in bisher 3 Bänden) zu veröffentlichen. Seither erschienen auch: »Gschichtli und Gedichtli, eine gärtnerisch-kulinarische Zeitreise« (Autobiographie), »Pfeffererdbeeren – und andere, ziemlich wahre Kurzgeschichten mit Pep« und »Selbst gemachte Nachrichten ... weil man einfach nichts mehr glauben kann!«

www.anna-dorb.de

Monika Kubach

Das Weidenweibchen

»Besitzen Sie für diese Quelle eine Betriebserlaubnis?« Erschrocken sah ich mich um und entdeckte neben mir ein etwa sechzig Zentimeter großes Wesen, das ein knöchellanges Kleid aus braunem Sackleinen, eine hellgrüne Schürze und ein hellgrünes Kopftuch trug. Es richtete eine Wünschelrute auf mich und machte ein strenges Gesicht. Hastig wischte ich mir die Tränen aus den Augen, aber das änderte nichts: Das Wesen stand noch immer zwischen mir und dem Weidenbaum am Bachufer. Doch wenn ich mich nicht irrte, veränderte sich sein Gesichtsausdruck. Es erinnerte mich plötzlich ein wenig an meine Großtante. Auch sie hatte so ein rundes Gesicht mit Grübchen in den Wangen gehabt und immer genauso gutmütig dreingeblickt, wenn ich als Kind den Puddingtopf ausgekratzt hatte. Das Wesen ließ die Rute sinken.

»Ach, so! Du weinst ja nur. Entschuldige! Meine Wünschelrute schlug aus. Da dachte ich, es sei wieder eine illegale Flüssigkeit aufgetaucht. Ich mache hier auch nur meinen Job, weißt du?« Es lächelte mich freundlich an.

»Ihren Job?«, fragte ich fast automatisch, denn mein Gehirn war vor lauter Staunen nicht zu komplexen Denkleistungen in der Lage.

»Ja, ich arbeite im Feenreich für das Wasserwirtschaftsamt. Ich überwache alle Gewässer zwischen der Linde am Marktplatz und dem Waldrand. Aufgrund eines albernen Fehlers bin ich zusätzlich für die Kuhweide da drüben zuständig. Dem Feensachbearbeiter war wohl nicht klar, dass Weidenweibchen wie ich in Weidenbäumen und nicht auf Viehweiden wohnen. Das sind so die kleinen Missverständnisse zwischen Verwaltung und Außendienst. Man kann sich darüber aufregen. Man kann es auch lassen. Ich heiße übrigens Weidenruth. Du darfst mich gerne duzen.«

Sie streckte mir ihre kleine Hand hin, die ich vorsichtig ergriff.

»Ich heiße Luise.« Noch immer war ich nicht in der Lage, einen klaren Gedanken zu fassen.

»Es freut mich, dich kennenzulernen, Luise. Letzte Woche erst hatte ich hier einen ernsthaften Zwischenfall. Der Besitzer der Wiese hinter uns brachte eine riesige Menge Jauche aus, von der die Hälfte in den Bach lief. Deshalb bin ich ein bisschen nervös und gehe lieber auch den kleinen Rutenausschlägen nach. Man will sich ja keine Schlamperei vorwerfen lassen.«

»Und was hast du gegen die Jauche unternommen?«

»Nichts. Wir Weidenweibchen können auch nicht zaubern! Die Menschen glauben immer, die Natur könne sich von selbst regenerieren, aber damit beruhigen sie nur ihr eigenes Gewissen. Mir bleiben jedoch gewisse Sanktionen. Bei dem Landwirt nahm ich mit meinem Weidenschlitten ordentlich Anlauf und fuhr ihm mit Karacho ins Kreuz. Warum ihr Menschen das Hexenschuss nennt, ist mir ein Rätsel, denn die Heckenhexen haben ganz andere Methoden, illegale Abholzung zu bestrafen. Ich hätte ihn auch dort drüben am Bachsteg über einen Weidenstock stolpern lassen können, damit er die Ausbreitung der Jauche im Wasser aus nächster Nähe miterleben kann, aber die besten Ideen hat man immer erst hinterher. Und wie ist das bei dir? Warum leitest du Tränen in den Bach?«

Als sie mein erschrockenes Gesicht sah, beeilte sie sich hinzuzufügen: »Das ist nicht verboten! Keine Angst! Ich frage nur so aus fachlichem Interesse.«

»Ach, ich bin einfach nur sehr traurig.« Ich war mir nicht sicher, ob sich Mitarbeiterinnen des Feenwasserwirtschaftsamts wirklich für meine kleinen Sorgen interessierten.

»Ja, das ist der häufigste Grund für Tränen, dicht gefolgt von Heuschnupfen«, erläuterte Weidenruth fachkundig. »Und warum bist du traurig?«

»Morgen heiratet meine beste Freundin, und ich bin Brautjungfer. Und seit heute habe ich diesen hässlichen Ausschlag am Hals. Der lässt sich nicht einmal wegschminken. Alle werden mich anstarren und mir Tipps geben. Am liebsten möchte ich daheimbleiben, aber ich will meine Freundin nicht enttäuschen.«

»Hm. Hast du es schon einmal mit dem Saft von zerquetschten Weidenblättern probiert?«

»Hilft der gegen Ausschlag?«

»Nein, aber Grün und Rot ergeben zusammen Braun. Ach, ich sehe schon. Bei deiner blassen Haut wäre dir damit auch nicht geholfen. Momentan fällt der Ausschlag eigentlich gar nicht sonderlich auf, finde ich.«

Ich lächelte hoffnungsvoll. »Ist er blasser geworden?«

»Das nun nicht gerade, aber die verquollenen Augen und die rote Nase lenken vom Hals ab. Das ist wie mit meiner Warze im Mundwinkel. Sie bewegt sich, wenn ich spreche. Auf die Krähenfüße an meinen Augen achtet dann niemand mehr. Oder sind die dir als Erstes an mir aufgefallen?«

Das konnte ich wahrheitsgemäß verneinen. Plötzlich bekam ich einen Schreck. »Es tut mir sehr leid, dass ich hier einfach so neben deinem Baum sitze. Ich wusste nicht, dass du hier wohnst.«

»Ach, das macht nichts!« Weidenruth machte eine wegwerfende Handbewegung. »Viel schlimmer sind die Hunde, die ständig gegen

den Stamm pinkeln. Du kannst dir bestimmt denken, wie das hier im Hochsommer müffelt. Zum Glück hat es vorgestern ordentlich geregnet, denn genau da, wo du jetzt sitzt, hat vor drei Tagen ein Bernhardiner … Aber lassen wir das. Ich bin ja selbst schuld, wenn ich mir eine Wohnung in der Nähe eines Parkplatzes suche. Die meisten Hundebesitzer sind doch viel zu faul, um mit ihren Tieren eine große Runde zu drehen. Die lassen sie hier alle nur kurz aus ihren pferdelosen Wagen und fahren anschließend wieder heim.«

»Wo ist denn dein Hauseingang?«, fragte ich neugierig. »Ich kann ihn gar nicht sehen.«

»Du kannst mich normalerweise auch nicht sehen. Wenn ich mich unsichtbar mache, kann ich einfach so in die Weide hineingehen. Dazu brauche ich keinen Eingang … Warte, ich zeige es dir.« Schwupps, war sie verschwunden.

Nach einer Weile stand sie plötzlich wieder neben mir, war aber nur noch halb so groß. »Hast du es gesehen? Es ist ganz leicht!«

»Ehrlich gesagt … habe ich gar nichts gesehen«, stammelte ich verwirrt. »Was ist denn mit dir passiert? Warum bist du … so klein?«

»Ach! Stimmt ja!« Das Weidenweibchen schlug sich mit der Hand an die Stirn und lachte schallend. »Wenn ich unsichtbar bin, kannst du mich natürlich nicht sehen. Deshalb machen wir das ja. Wie konnte ich nur vergessen, dass du ein Mensch bist? Na, so was! Wie groß war ich denn vorhin?«

»Na, in etwa so.« Ich zeigte mit der Hand die geschätzte Größe.

»Stimmt. Augenblick!« Sie wuchs vor meinen Augen ein beträchtliches Stück. »Als Weidenweibchen muss man mit der Zeit gehen. Früher reichte Eichhörnchengröße, um bemerkt zu werden. Aber heutzutage blicken die Menschen ständig auf ihre Knopfschachtel und trommeln wie wild mit ihren Daumen darauf herum, wenn sie nicht gerade lautstark auf sie einreden. Oder sie rasen auf ihren Zweirädern herum und achten gar nicht mehr darauf, ob ein Ast, eine Blindschleiche, ein Salamander oder ein fauler Buchenbursche auf dem Weg liegt.« Sie redete sich in Rage, und die Warze in ihrem Mundwinkel hüpfte wie eine Wüstenspringmaus. »Sie fahren wie mit ihren pferdelosen Wagen einfach drauflos, und man muss sich schleunigst in Sicherheit bringen. Als sich dann plötzlich auch noch die Wanderer mit spitzen Stöcken bewaffneten, mit denen sie wild auf alles zielten, was sich links und rechts von ihnen gerade erst vor ihren Tritten in Sicherheit gebracht hatte, entschied ich mich aus Sicherheitsgründen für doppelte Hasengröße.« Ich fragte mich, ob die Warze tatsächlich soeben die Krähenfüße berührt hatte. Vielleicht war es aber auch nur eine Sinnestäuschung gewesen. Mir wurde schwindlig, und ich konnte mich nur schwer konzentrieren. Weidenruth schien das nicht zu bemerken und fuhr fort: »Aber meistens bleibe ich unsichtbar, denn man wird ja doch nur ignoriert. Die Menschen werfen sich so viele merkwürdige Sachen ein, dass sie mich für eine Halluzination halten, lauthals lachen und gar nicht erst zuhören. Du bist anders. Deshalb werde ich dich zu einem Tannentantchen führen. Sie wohnt da drüben in der großen Tanne und kümmert sich um die Heu- und Streuobstwiesen hier in der Gegend. Vielleicht kennt sie ja eine Pflanze, die dir hilft.«

Ich folgte ihr über den kleinen Steg auf die andere Seite des Bachs. Wir gingen ein Stückchen den Feldweg entlang und überquerten dann eine große Wiese, an deren anderem Ende drei große Tannen standen. Schon von Weitem sah ich dort auf einem der unteren Äste ein kleines, verhutzeltes Großmütterchen sitzen, das sich wohl ebenfalls für die doppelte Hasengröße entschieden hatte und meiner Begleiterin fröhlich zuwinkte. Es trug ein dunkelgrünes Kleid, eine braune Schürze und ein braunes Kopftuch und sprang, als wir bei ihm angekommen waren, erstaunlich geschmeidig auf den Boden.

»Das ist Luise, und das ist Tannemarie«, stellte uns meine Begleiterin einander vor. Wir gaben uns die Hand und setzten uns alle ins Gras.

»Luise ist sehr traurig, weil sie einen roten Ausschlag am Hals hat«, erläuterte Weidenruth die Sachlage. Darüber war ich sehr froh, denn der dicke Kloß, den ich bei dem Gedanken an mein Problem im Hals bekam, hinderte mich am Sprechen.

»So kann man sich irren!« Das Tannentantchen wackelte überrascht mit dem Kopf. »Ich dachte, sie sei wegen ihrer roten Nase unglücklich. Unter der fällt der rote Hals gar nicht auf.«

»Siehst du!«, wandte sich Weidenruth an mich. »Das habe ich dir doch auch gesagt. Hör einfach mit dem Weinen auf. Dann verschwinden auch die Schwellungen an deinen Augen, und alles ist in Ordnung.«

»Ach, du hast normalerweise gar keine Glupschaugen?«, fragte Tannemarie neugierig.

»Nein.« So langsam gingen mir die beiden ein klein wenig auf die Nerven, aber bei dem Gedanken schämte ich mich sofort. Sie meinten es sicherlich nur gut mit mir.

»Ich glaube, sie sieht eigentlich ganz nett aus, wenn sie nicht gerade weint.« Das Tannentantchen betrachtete eingehend mein Gesicht. »Meinst du, du könntest dir über Nacht einen Bart wachsen lassen? Der könnte dann deinen Hals verdecken. Aber auch wenn es in der kurzen Zeit nur zu einem Oberlippenflaum reicht, könnte der herrlich von dem Problem ablenken. Seit ich mir meinen nicht mehr abrasiere, achtet kaum noch einer auf meine schiefen Zähne.«

»Das ist wie mit meiner Warze«, bestätigte Weidenruth und nickte energisch.

»Genau, Ruthchen! Alle achten nur noch auf deine Warze und bemerken gar nicht mehr, dass deine Nase schief ist.« Tannemarie nickte ebenfalls, und ich fragte mich, ob Synchronnicken wohl eine olympische Disziplin im Feenreich war.

»Meine Nase ist schief?«, rief ihre Freundin ganz schockiert und kam aus dem Takt.

»Ach, nein, ich meinte dein schielendes Auge. Entschuldige. Das habe ich verwechselt.«

Bevor sich das Gespräch in eine merkwürdige Richtung entwickeln konnte, wagte ich einen Vorstoß: »Gibt es vielleicht irgendeine Pflanze, die gegen Ausschlag hilft?«

»Hast du es mal mit einem Tee aus Tannennadeln, Baumrinde und Kuhfladen versucht?«

Ich schüttelte mich bei dem Gedanken. »Nein. Hilft der?«

»Nein. Aber er schmeckt so furchtbar, dass dir hinterher der Ausschlag egal sein wird.«

Weidenruth schüttelte zweifelnd den Kopf. »Ich glaube, das ist nicht das, was wir suchen. Gibt es denn hier auf deinen Wiesen nicht irgendwelche Heilkräuter?«

»Sicherlich. Aber ich kenne mich damit nicht aus. Meine Pflicht ist es, kleine Tunichtgute vom Zündeln im trockenen Gras abzuhalten. Das ist keine leichte Aufgabe! In letzter Zeit versuche ich es erst gar nicht mehr mit vernünftigen Argumenten und drohe ihnen gleich damit, sie zu erwürgen und dann ihr Herz aufzuessen. Momentan funktioniert es noch, aber die Kinder werden immer abgebrühter. Bald gehen mir die Ideen aus. Gewaltfantasien liegen mir eigentlich gar nicht.«

»Hast du denn keine Angst, dass sie ihre Eltern holen, die hier dann das Unterste zuoberst kehren, um dich zu finden?«, fragte das Weidenweibchen besorgt.

»I wo! Das ist der Vorteil der heutigen Zeit. Wenn ein Kind von Tannentantchen und deren Morddrohungen erzählt, dann glaubt man ihm nicht mehr wie früher, sondern lässt ihm irgendwelche Pillen verschreiben. Meine Methode ist völlig gefahrlos für uns Feen.«

Plötzlich fuhr Weidenruth herum und streckte ihre Wünschelrute in Richtung ihrer Weide aus.

»Ist was?«, fragte ich.

»Falscher Alarm«, flüsterte sie grimmig. »Wir müssen uns jetzt unsichtbar machen, denn da kommt einer mit seinem Hund. Tut mir echt leid, dass wir dir nicht helfen konnten.«

»Ja, mir auch!«, pflichtete ihr Tannemarie bei. Beide winkten mir kurz zum Abschied zu und machten sich unsichtbar.

Deshalb kam ich mir ein wenig komisch vor, als ich so ins Leere »Vielen Dank für alles!« sagte. Ich hoffte, dass sie das trotzdem gehört hatten, ließ das Winken aber lieber sein, da man mich vom Weg aus gut sehen konnte, und ging nach Hause.

Nachts lag ich noch lange wach und dachte über das Erlebte nach. Hatte ich wirklich zwei Feen getroffen? Oder hatte ich mir das nur eingebildet? War ich dort am Bachufer eingeschlafen? Aber wie war ich dann plötzlich zu den drei Tannen gekommen? Am nächsten Morgen sah ich reichlich fertig aus, und ich musste bei dem Gedanken lachen, dass mein übermüdetes Gesicht sicherlich wunderbar von dem Ausschlag am Hals ablenkte. Die beiden Feen wären sicherlich begeistert gewesen. Aber halt! Wirkte der nicht schon ein ganzes Stück blasser?

Ich schöpfte mir ordentlich kaltes Wasser ins Gesicht und sah danach gleich viel frischer aus.

Übermütig malte ich mir beim Schminken mit dem Kajalstift einen Schönheitsfleck auf die Wange und sagte laut zu meinem Spiegelbild: »Wenn der nicht ablenkt, was dann?«

Er bewegte sich beim Sprechen wie Weidenruths Warze. Ich musste plötzlich an Tannemaries Oberlippenflaum denken, blickte auf den Kajalstift in meiner Hand und kämpfte erfolgreich gegen die Versuchung an.

»Wir wollen mal nicht übertreiben!«

Wieder tanzte der Schönheitsfleck.

Und grinsend machte ich mich auf den Weg zur Hochzeit meiner besten Freundin.

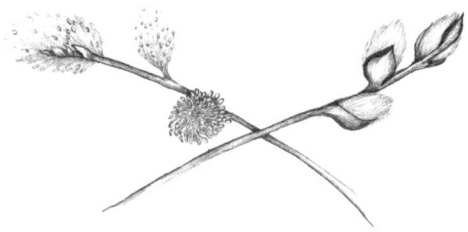

Monika Kubach, *geboren 1970, schreibt Satiren und humoristische Gedichte. Bisher erschienen:*
»Gut gelaufen, Thisbe! – Ida Obersteyns Tagebuch 2011« (Satire)
»150 Limericks – Eine Reise durch Deutschland« (Gedichtband)
»Neues von der Fratze mit Hut« (Satiren)
»Die Fratze mit Hut dichtet dich dicht« (Satirische Gedichte)
http://de.pluspedia.org/wiki/Monika_Kubach

Uschi Prawitz

Mutter Weide

Elisabeth sitzt auf der Ufermauer und lässt ihre Beine über dem Wasser baumeln.

Mehr traut sie sich nicht, denn sie hat Angst vor dem dunklen Fluss, der sich gemächlich unter der Brücke hindurch schiebt. Angespannt lehnt sie mit ihrem Rücken an meinem breiten, durchfurchten Stamm, als ob sie bei mir Schutz sucht, und ich gewähre ihr gerne dieses Gefühl von Rückhalt und Sicherheit. Etwas neidisch schaut sie den anderen Kindern zu, wie sie jubelnd meine Äste empor klettern, um dann wie Tarzan an meinen langen Schwingen übers Wasser zu schweben. Wer sich nicht mehr halten kann, fällt ins kühle Nass und sorgt für fröhliches Lachen unter den Freunden. Ein paar Wasserspritzer hat Elisabeth dadurch auch schon abbekommen, sie zeichnen sich ganz deutlich auf ihrem Kleid ab, aber dabei will sie es auch belassen.

Ich bemühe mich, sie mit meinem Stamm ein bisschen nach vorne zu schieben, um sie zu ermutigen, aber ich bin zu fest verwurzelt und sie merkt es nicht. Fest stemmt sie ihre Hände links und rechts von ihrem Körper in den Boden, als ob sie gegen meine Aufmunterung ankämpfen würde. Ihre Finger versuchen nahezu, sich in den Asphalt zu graben. Da lasse ich einen langen Ast vor ihrem Gesicht auf und ab tanzen und kitzle sie dabei an ihrer Nase, was ihr aber nur ein kurzes Kichern entlockt. Mit einer lockeren Geste streift sie mich wieder fort und blickt mit ihren sanften, blauen Augen hoch zu meiner Krone. Sie lächelt mir einen Moment etwas verkniffen zu, denn die Sonnenstrahlen blitzen durch meine Blätter und bringen sie zum Blinzeln. Ich freue mich, sie scheint mir zuzuhören, aber ob sie mich auch versteht?

Mehrfach habe ich es schon gehört, wie Elisabeths Mutter ihr die Geschichte vom bösen Wassermann eingeschärft hatte, der sie in die tiefen Fluten hinabziehen würde, wenn sie unvorsichtig war. Groß, hässlich und voller Algenbewuchs sollte er sein, ein glitschiges Monstrum mit stierenden, Blut unterlaufenen Glitschaugen, das darauf aus war, Kinder ins Verderben zu locken. Komisch war nur, dass Elisabeth noch kein einziges Mal erlebt hatte, dass einer ihrer Freunde dem Wassermann persönlich begegnet war, geschweige denn, von ihm in die Tiefe gezogen wurde. An dieser Stelle des Flusses konnte man ja auch locker stehen.

Das hatte Elisabeth schon oft zum Nachdenken gebracht, aber die realistischen Schilderungen ihrer Mutter, die sie von Klein auf zu hören bekam, waren tief in ihrem Bewusstsein verankert.

Jäh wird dieser wunderbare Moment der Zweisamkeit durch das wilde Kreischen der Mädchen unterbrochen, die gerade wieder ins Wasser plumpsen. Elisabeth zuckt zusammen und wendet ihren Blick erneut den Freunden zu.

Sie rufen sie und Elisabeth winkt zurück. Sie ist noch nicht so weit, ihren Aufforderungen zu folgen, es kostet sie schon sehr viel Überwindung, ihre Beine so weit über die Mauer zu hängen. Eine Zehenspitze berührt sogar die Wasseroberfläche, und das kribbelt in ihrem ganzen Bein. Hoffentlich sieht die Mutter nicht her, scheint sie zu denken, als sie verstohlen einen Blick zur gegenüberliegenden Häuserzeile riskiert.

Ich umhülle sie mit meinen Ruten, umschmeichle ihren Körper und versuche ihr zu vermitteln, dass keine unmittelbare Gefahr droht. Sie scheint dankbar für diese Geborgenheit und nimmt meine Zweige sanft in ihre Hände, um mein Baumhaar zu flechten. Das tut sie oft und ich habe diese Liebkosung gern. In solchen Momenten halte ich ganz still und denke: Irgendwann schafft sie es, und ich werde dabei sein und sie ganz fest halten, bevor ich sie sanft in den Fluss gleiten lasse. Und der Wind spielt dazu in meinem rauschenden Blätterwerk eine feine Melodie.

Uschi Prawitz, Übersetzerin, freie Journalistin und Verfasserin kreativer Texte. Von Geburt her nicht mehr ganz ein Post-68er-Jahrgang, aber durchaus eine größere Querdenkerin als die meisten, die sich heutzutage als solche rühmen. Mein Lebenstraum: Als Schriftstellerin von meinen Gedankenergüssen leben zu können – welche Autorin erträumt sich das nicht. Aber ich glaube auch noch ganz fest daran. Und bis es so weit ist, werde ich weiter übersetzen, kulturelle Beiträge für die Tageszeitung schreiben und an einem minimalistischeren Lebensstil arbeiten. Das aber aus Überzeugung und nicht aus Not, denn unsere Gesellschaft verliert ganz drastisch den Blick für die wesentlichen Dinge im Leben.

Cornelia Aistermann

12 Uhr mittags – High Noon unter dem Kastanienbaum

Im Garten der Großeltern stand eine mächtige Kastanie. Niemand wusste, wie alt der Baum war, wie lange er schon den Mittelpunkt des Gartens bildete. Auch der Großvater wusste es nicht, obwohl er hier aufgewachsen war. Schon als Kind war ihm der Baum gewaltig und riesig erschienen, und wenn seine Eltern über die Kastanie gesprochen hatten, hatten sie diese immer als ›alt‹ bezeichnet.

Der Baum war vermutlich weit über 20 Meter hoch; gemessen hatte ihn nie jemand. Sein mächtiger Stamm hatte einen Umfang von gut und gerne zwei Metern. Er hatte eine weit ausladende Baumkrone, und sein Blätterdach schien von unten aus betrachtet in unendliche Höhen zu reichen. Man konnte die Spitze des Baumes nur erahnen. Selbst im Winter, wenn er kahl und knorrig dort stand, konnte man nicht bis oben hindurch zum Himmel blicken. Zu dicht und fein verästelt war er.

Der Großvater liebte diesen Baum, ebenso wie sein Sohn, der wie er mit der Kastanie aufgewachsen war. Für beide war er magisch. Allerdings sprachen sie nie über die Gefühle, die sie dem Kastanienbaum gegenüber hegten. Innige Empfindungen für einen Baum hielten sie für unpassend. Immerhin waren sie erwachsen. Der Großvater hatte außerdem mittlerweile die Sorge, man könnte ihn für wunderlich oder gar dement halten. Obschon man ehrlicherweise sagen musste, dass er mit steigendem Alter durchaus etwas senil geworden war.

Vater und Sohn konnten nicht erklären, warum sie diesen alten Kastanienbaum so liebten und er sie so faszinierte. Er hatte einfach etwas Zauberhaftes, Magisches an sich, und magische Bäume hatten in der Erwachsenenwelt einfach keinen Platz. Daher schwiegen beide.

Der Baum spendete an heißen Sommertagen erholsamen Schatten. Bei plötzlichen Regenschauern bot er hervorragenden Schutz vor der Nässe. Deswegen hatte der Großvater vor vielen Jahren um den Baumstamm herum eine Bank errichtet, auf der man herrlich sitzen und ausruhen konnte.

Die Kastanie war der Lieblingsplatz vom Großvater, dort verbrachte er mit zunehmenden Alter die meiste Zeit des Tages. Oft sah man ihn verträumt nach oben in die Baumkrone schauen, manchmal lächelte er und zwinkerte. Er liebte das Lichtspiel, das entstand, wenn die Sonne durch die Blätter schien und die Zweige sich sanft im Wind bewegten. Er hatte dann immer den Eindruck, es ertönte eine liebliche Melodie. Es sah so aus, als winkten die handförmigen Blätter ihm zu. Wie bei einem Fingerspiel bewegten sich die Fiederblätter.

Der alte Mann hatte seinen Sohn vor allem in den letzten Wochen mehrmals beobachtet, wie auch er wie verzaubert unter dem Blätterdach der Kastanie stand und verträumt gen Himmel schaute. Oft hatte er sich gefragt, ob sein Sohn ähnlich empfand wie er, aber er hatte ihn nie darauf angesprochen.

Als der Großvater wieder einmal unter der alten Kastanie stand, mischten sich in sein Glücksgefühl große Wehmut und Trauer.

Der Baum sollte weichen.

Er seufzte tief und laut und sprach zu dem Baum: »Ach, mein guter, alter Baum. Nun wirst du wohl nicht mehr lange hier stehen. Meine Schwiegertochter will dich umhauen lassen, denn sie hat Sorge, dass sich ihr kleiner Sohn, mein Enkel, an deinen stacheligen Früchten verletzt. Leider habe ich nicht die Kraft, um für dich zu kämpfen. Ich bin ja froh, dass mein Sohn mit seiner Familie zu mir gezogen ist, denn ich fühlte mich nach dem Tod meiner Frau sehr einsam, und ich benötige tatsächlich im Alltag immer mehr Hilfe. Ja, alt werden ist kein Zuckerschlecken. Es tut mir so unendlich leid, bitte verzeih mir!«

Nach diesen Worten drehte er sich mit Tränen in den Augen um und ging tief gebeugt, so schnell es seine alten Knochen zuließen, zurück zum Haus.

Ein aufgeregtes Raunen und Rascheln erschallte im Kastanienbaum. Großes Jammern und vielstimmige Klagelaute waren zu hören.
»Habt ihr das gehört?«
»Unglaublich!«
»Das darf doch nicht wahr sein.«
»Unfassbar!«
Dann war eine herrische, sehr klare Stimme zu vernehmen: »Sagt allen Bescheid! Heute Nacht ist Vollversammlung und Krisensitzung unten am Baumstamm.«
Die Blätter rauschten und wirbelten an den Zweigen. Es war trotz Windstille sichtlich viel Bewegung im Baum, ein Huschen und ein Schwirren, ein Knistern und ein Knarzen. Dann wurde es totenstill im Geäst.

In der Nacht erhob sich erneut ein Tumult im Blätterdach. Am Fuße des mächtigen Kastanienbaumes hatten sich bereits zahlreiche Tiere versammelt, andere strömten über die Zweige und den mächtigen Stamm Richtung Erdboden.
Sie debattierten lautstark, und hätten nicht alle Menschen im Haus tief und fest geschlafen, sie hätten sich über diesen Aufruhr unter dem alten Baum sehr gewundert. Verstanden hätten sie nichts, denn leider haben die Menschen verlernt die Tiere und die Natur zu verstehen. Sie hören und schauen einfach nicht mehr richtig hin.
Eichhörnchen waren dort zu sehen, zahlreiche Vogelarten und eine noch vielfältigere Schar von Insekten und Spinnen.
Neben der Vielzahl von verschiedenen Tieren hatten sich unzählige winzige geflügelte Wesen versammelt. Kaum größer als Bienen konnte man sie aus der Ferne leicht für solche halten. Von Nahem aber erkannte man, dass es keine Insekten waren. Vielmehr hatten sie menschenähnliche Körper, allerdings mit Flügeln auf ihren Rücken.

Da sie bisher noch nie von einer Menschenseele bestimmt und in der großen Welt der Fauna katalogisiert wurden, bleibt die Bezeichnung für diese wundersamen Lebewesen jedem Betrachter selbst überlassen. Landläufig hätte man sie vermutlich als »Elfen« bezeichnet, da sie dem klassischen Bild dieser Märchenfiguren entsprachen.

Für diesen und alle anderen Kastanienbäume nehmen sie im Ökosystem eine Schlüsselposition ein. Sie sind schließlich der Grund dafür, warum die Kastanien, die man im Herbst finden und sammeln kann, so wunderschön glänzen.

Diese Wesen leben ganz oben in den verzweigten Ästen der Kastanien. Nachts gleiten sie mit ausgebreiteten Flügeln sacht zu Boden und machen sich ans Werk. Mit ihren kleinen, samtweichen Händchen polieren sie jede einzelne Kastanie so lange, bis sie im Mondlicht fein glänzt. Man kann sich wohl vorstellen, wie viel Arbeit auf diese kleinen Geschöpfe jeden Herbst wartet.

Die Tiere freuen sich über den unermüdlichen Arbeitseinsatz, denn die blankpolierten Früchte lassen sich auf dem herumliegenden Laub viel leichter finden. Außerdem sehen glänzende Kastanien viel hübscher aus als matte. Das Auge isst bekanntlich immer mit.

Polieren die Wesen die frisch aufgebrochenen Früchte, geschieht etwas ganz Besonderes: Durch die Reibung ihrer Händchen verleihen sie ihnen eine besondere Kraft, die auch der Mensch spüren kann, wenn er eine Kastanie langsam in der Hand dreht. Leider sind viele Menschen nicht mehr sensibel genug, um diese Kraft wahrzunehmen.

Alle wissen die Tätigkeit der elfenartigen Lebewesen zu schätzen, nur der Mensch nicht. Der sammelt zwar gern die glänzenden Kastanien, nutzte sie zum Basteln oder als Handschmeichler, und mancher spricht den Kastanien eine gewisse Heilkraft zu und trägt immer welche in der Jackentasche mit sich, aber für die wunderbaren Feinheiten der Natur hat der Mensch kein Auge.

Und wegen des Menschen und seiner Willkür versammelten sich nun alle tierischen Anwohner des großen Kastanienbaumes.

Zuletzt flog eine Eule heran und landete auf der Holzbank, die die Kastanie umgab. Sie breitete ihre Flügel aus und begann zu sprechen. Leider war sie kaum zu verstehen. Zu unruhig war es noch unter dem Baum. Bis ein in lautes Hämmern zu vernehmen war.

Ein Buntspecht drosch mit aller Kraft seinen spitzen Schnabel gegen den knorrigen Stamm der Kastanie. Wie den Hammer eines Richters, der in einem Gerichtssaal die Aufmerksamkeit des Publikums einforderte.

Nach vier bis fünf kräftigen Schlägen herrschte endlich Stille und die Eule war nach einem vernehmlichen Räuspern klar und deutlich zu hören:

»Meine lieben Mitbewohner, vermutlich hat schon ein jeder gehört, warum diese Sitzung dringend einberufen werden musste.«

Nach diesen einleitenden Worten entstand wieder großer Aufruhr unter den Anwesenden. Der Specht musste erneut mehrmals klopfen, bis Ruhe einkehrte und die Eule sich weiter Gehör verschaffen konnte:

»Wir alle leben in und von diesem Baum. Niemand von uns will, dass dieser einmalige Lebensraum zerstört wird. Ich bitte um Vorschläge, was wir unternehmen können, um dieses Unheil zu verhindern.«

Wieder entbrannte unter der Kastanie ein großes Stimmengewirr. Dieses Mal genügte ein Klopfen des Spechtes und alle waren mucksmäuschenstill. Im Stillen suchte jeder nach einer Lösung, um die drohende Katastrophe abzuwenden.

»Es ist nicht einfach, unseren Kastanienbaum zu retten, wir müssen methodisch und sehr überlegt vorgehen. Lasst uns zunächst die Fakten und die Antworten auf ein paar wichtige Fragen zusammentragen!«, forderte die Eule die anderen auf.

»Die Frau ist schuld, sie will den Baum töten.«

»Stimmt, sie ist unser Unglück.«

»Sie muss weg!«

Aufgeregte Stimmen überall.

»Wie soll das gehen?«

»Wir gegen einen großen, mächtigen Menschen?«

»Wenn das Kind nicht wäre …«

Plötzlich wurde es still.

»Es stimmt doch, wenn das Kind nicht wäre, würde die Frau den Baum nicht zerstören wollen,« stachelte jemand.

Ein Durcheinander an. Wütende und mitleidige Stimmen erklangen.

»Der arme Wurm.«

»Es ist noch so klein.«

»Das Kind muss weg!«

»Das Kind oder wir!«

»Das ist ganz einfach.«

»Kurz und schmerzlos.«

»Oh Gott, oh Gott, oh Gott!«

»Ruhe! Ruhe!«, herrschte die Eule, und der Specht klopfte aufgeregt zur Ordnung.

Im Haus war das Licht angegangen.

»Wir erregen zu viel Aufmerksamkeit, wir müssen das Ganze in einer kleinen Abordnung und vor allem leise weiter besprechen. Jede Tierart beratschlagt zunächst für sich, und in drei Tagen treffen sich die Abgeordneten, um in kleiner Runde die Lösungsvorschläge zu sammeln und zu entscheiden«, erklärte die Eule das weitere Vorgehen.

Ihr Vorschlag traf auf allgemeine Zustimmung, manche nickten, aber vielen stand immer noch heftige Wut im Gesicht. Deswegen schob die Eule in ihrer Weisheit mahnend nach:

»Aber seid besonnen und gerecht!«

Die drei Tage vergingen wie im Flug. Im Baum herrschte reges Treiben, aber die Menschen bemerkten es nicht.

Die Sonne hatte an den letzten Tagen wunderschön geschienen, und die Mutter hatte das Kind in seinem Sportwagen jeweils zum Mittagsschläfchen in den Schatten der alten Kastanie gestellt. Sie hatte die Rückenlehne in Liegeposition eingestellt, so konnte ihr kleiner Sohn gemütlich und bequem schlummern.

Zu dieser Jahreszeit machte sie sich noch keine Sorgen um ihr Kind, denn die reifen, stacheligen Früchte würden erst in ein paar Monaten vom Baum fallen, wenn der Herbst die Blätter wieder golden färbte.

An diesen Tagen hatten unbemerkt viele kleine Augen das schlafende Kleinkind angeschaut und neugierig von allen Seiten betrachtet.

Manchmal war ein langgezogenes Seufzen zu hören oder ein Aufstöhnen.

Der kleine Junge hörte dies alles nicht, er schlummerte selig und lächelte im Traum.

Am dritten Tag schob die Mutter den Wagen mit dem schlafenden Kind wieder unter den mächtigen Baum.

Der Kleine regte sich leicht, als der Wagen über eine Baumwurzel holperte. Er quäkte leise im Schlaf, öffnete die Augen aber nicht. Die Mutter lächelte liebevoll, drehte den Wagen noch etwas, damit sie ihn besser vom Küchenfenster aus sehen konnte, und stellte die

Bremse fest. Ein letztes prüfendes Ziehen, ob er sicher stand, dann schlich sie zurück zum Haus.

Ihr Baby schlief ruhig, seine leisen Atemzüge waren kaum zu hören. Eigentlich war der Kleine gar kein Baby mehr, schließlich war er schon längst über ein Jahr alt, aber für die Mutter würde der Kleine wohl noch eine ganze Zeit lang »ihr kleines Baby« bleiben.

Da huschte etwas unter dem Wagen durch. Und da wieder. Etwas stieß gegen ein Rad, sodass der Kinderwagen ganz leicht ins Wanken geriet. Das sanfte Schaukeln störte das Kind nicht. Es schlief tief und fest. Von oben seilte sich eine dicke Spinne ab, bezog an ihrem seidenen Faden wenige Zentimeter über der Nase des Kindes Position und starrte mit ihren acht Augen in das schlafenden Kindergesicht. Ein Schmetterling flatterte herbei, gefolgt von einer leise surrenden Wespe.

»Ich wäre ja immer noch für die Kamikaze-Aktion. Möglich wäre es, sieh nur!«

Gerade hatte der Junge sein kleines Mündchen leicht geöffnet.

»Sei still!«, lispelte der Schmetterling. »Wir machen alles wie geplant, das richtige Timing ist sehr wichtig.«

Sie umflogen mehrmals das schlafende Kind und schwirrten dann Richtung Haus ab.

Im Blätterdach über dem Kinderwagen und seinen schlafendem Insassen versammelten sich viele verschiedene Vögel. Bis bald beinahe jeder noch so kleine Ast besetzt war und sich unter der Last nach unten bog.

Sie bemühten sich, leise zu sein und nicht zu zwitschern. Aber dann und wann war ein verhaltenes Zirpen zu hören, wenn einer aus Versehen einen anderen bei der Landung anstieß oder einmal, als ein kleiner Vogel so weit an den Astrand rutschte, um Platz zu machen, dass er abstürzte und sich nur durch aufgeregte Flügelschläge gerade noch vor einen Sturz auf den Boden retten konnte. Vor Schreck schrie er kurz auf, dann hielt er sich einen Flügel vor den Schnabel. Alle schauten ihn an und danach auf das Kind. Das schlief zum Glück weiter, als wäre nichts geschehen. Nun wanderten alle Blicke zum Haus hinüber, auch dort tat sich nichts.

Das war gut.

Ein kollektives Aufatmen ging durch die Vogelschar.

Vom Stamm der Kastanie war ein Kommando zu hören: »Bodentruppen los!«

Und da wuselten auch schon Mäuse, Käfer und andere kleine Kriechtiere auf dem Boden um den Kinderwagen herum. Raschelnd bezogen alle ihre Stellung.

Jeder hatte Äste oder vertrocknete Blätter in den Pfoten und Greifern. Mehrere Mäuse balancierten auf einer kleinen Holzwippe, die sie aus Geäst gebaut hatten. Ein Wimmeln und Wühlen überall. Als alle ihre gewünschte Position innehatten, wurde es wieder mucksmäuschenstill.

Nur das leise Rauschen des Windes war im Geäst der alten Kastanie zu hören.

Die Mutter hatte inzwischen den Abwasch erledigt. Wie üblich hatte sie dabei immer wieder kurz aus dem Fenster nach dem Rechten gesehen. Ihr kleiner Schatz schlief ruhig. Sie lächelte beruhigt, denn in der vergangenen Nacht hatte er sehr schlecht geschlafen. Viel öfter als sonst war er weinend aufgewacht und musste getröstet werden.

Sie überlegte, ob sie sich nun auf die Bank unter den Kastanienbaum setzen sollte. Dort könnte sie gemütlich ausruhen und vielleicht käme sie sogar dazu, etwas zu lesen.

Durchs Küchenfenster sah sie den Kastanienbaum an. Ihr Mann und der Schwiegervater hatten schon recht: Es war wirklich ein imposanter Baum.

Sie seufzte und hob bedauernd die Schultern. Imposant oder nicht, sie konnte und wollte ihren Sohn nicht gefährden. Darum musste der Baum weg. In Gedanken versunken, räumte sie das Geschirr in den Schrank.

Sie war in der Stadt im Plattenbau aufgewachsen. An ihrem Miethaus, in dem sie gewohnt hatte, wuchsen lediglich ein paar ungepflegte, löchrige Buchsbäume und sehr stachelige Sträucher. Damit hatte sie mehrmals sehr unerfreulich Bekanntschaft gemacht.

Wenn beim Spielen ein Ball darin landete oder einmal, als sie Fahrrad fahren lernte und mitten hinein fuhr, weil sie noch nicht bremsen konnte. Das waren sehr schmerzhafte Erfahrungen gewesen, und nicht selten hatten sich die Verletzungen stark entzündet.

Nein, für sie stand fest, ihr Sohn würde ohne stachelige »Pflanzenfreunde« aufwachsen.

Ihr Mann und ihr Schwiegervater hatten ihr zwar mehrfach erklärt, dass es keine Probleme mit dem Baum gab, schließlich waren sie beide mit ihm aufgewachsen, ohne sich zu verletzen. Aber ihre Muttersorge überwog alle Argumente.

Von einem merkwürdigen Gefühl befallen, sah sie wieder nach draußen. Sie wusste nicht, was es war, aber irgendetwas schien anders als in den vergangenen Tagen. Sie runzelte die Stirn und schaute angestrengt zur Kastanie. Bewegte sich dort etwas unter dem Baum und unter dem Kinderwagen? Angespannt lauschte sie durch das weit geöffnete Fenster nach draußen.

Nein, sie hatte sich getäuscht.

Alles war friedlich.

Dieser Frieden täuschte, das wusste sie nur noch nicht.

Es braute sich etwas zusammen.

Und in wenigen Minuten sollte es wie ein Sturm über sie und ihr Kind hereinbrechen.

Punkt zwölf Uhr mittags sollte es losgehen. Die tierischen Anwohner des Kastanienbaums benötigten dabei für die genaue Zeitbestimmung keine Uhr; sie orientierten sich am Stand der Sonne.

Die Minuten schlichen dahin; manchem wurde das Warten lang und ließ ihn von einem Bein aufs andere hibbeln. Bei den sechsbeinigen Insekten sah das besonders eindrucksvoll aus.

Dann endlich: Punkt zwölf.

Es ging los!

Die Mutter wischte die Spüle trocken und hängte das nasse Trockentuch gerade an den Haken, als ihr ein Schmetterling vor die

Nase flatterte. Sie schaute erfreut auf das hübsche Tier, wehrte es dann aber vorsichtig mit der Hand ab, damit es sich nicht in ihren Haaren verfing. Da kam eine Wespe drohend summend angerauscht und stieß wild auf ihre Augen zu. Die Mutter riss sich erschrocken eine Hand vors Gesicht. Mit der anderen griff sie nach dem Trockentuch, schlug damit in die Luft, um die Wespe zu vertreiben. Offenbar mit Erfolg, denn die Wespe ließ von ihr ab und setzte sich unten auf den Fensterrahmen.

»So, raus oder tot, du hast die Wahl«, raunte die Mutter der Wespe zu, während sie vorsichtig auf sie zu schlich.

Kaum stand sie vor ihr, katapultierte sie sich in die Luft und draußen unter dem Kastanienbaum ging die eigentliche Aktion los.

Es knirschte. Holz brach. Ein Tumult wurde entfacht.

Genau am Kinderwagen.

Ruckartig folgte der Blick der Mutter, die nach der Wespe hatte schlagen wollen, den Geräuschen. Sie erstarrte in ihrer Bewegung.

Mit offenem Mund verfolgte sie, was innerhalb von wenigen Sekunden passierte:

Ein Eichhörnchen sprang auf die Decke im Kinderwagen und duckte sich hinter dem Sonnenverdeck.

Was hatte das rote Tierchen da in seinem Maul?

Eine Kastanie?

Zu dieser Jahreszeit?

Sollte sich etwa einer ihrer schlimmsten Alpträume bewahrheiten? Konnte ihr Sohn an der kleinen Frucht ersticken, wenn er diese wie so vieles in seinen Mund schob? Sie erschauerte bei diesen furchtbaren Gedanken.

Würde das Eichhörnchen ihr Baby möglicherweise verletzen? Eichhörnchen waren an sich zwar sehr possierliche und niedliche Tiere, aber nichtsdestotrotz waren sie wild, hatten scharfe Krallen und spitze Nagezähne. Was, wenn das Tier die Tollwut hatte?

Das hohe, schrille Kreischen des Jungen ließ keine Fragen offen.

Die Mutter warf das Trockentuch in die Ecke, rannte voll Panik durch die Hintertür nach draußen.

Den Namen ihres Sohnes rufend eilte sie durch den Garten und sah gerade noch, wie das Eichhörnchen kurz seinen Kopf hob – ohne Kastanie –, sie mit einem durchdringenden Blick bedachte, bevor es mit einem großen Satz auf den Boden sprang und mit wenigen weiteren Sprüngen den Stamm der Kastanie erklomm und im dichten Blätterdach zu verschwand. Plötzlich war das Geschrei vorbei.

Stille. Totenstille, wie es der Mutter schien.

Sie rannte weiter und stolperte dabei über ihre eigenen Füße, konnte sich gerade noch abfangen, ehe sie, blind vor Tränen, den Kinderwagen erreichte.

»Oh, nein! Oh, nein!«, brach es gequält aus ihr heraus.

Verzweifelt riss sie das Verdeck zurück, und dann wurde ihr warm ums Herz.

Mit leuchtenden Augen betrachtete ihr Sohn fasziniert eine unglaublich glänzende Kastanie. Gerade groß genug, dass er sie nicht verschlucken konnte. Er drehte sie in seinen Händchen und juchzte dabei mit zarter Stimme vor sich hin.

Dann schaute er strahlend hoch zu seiner Mutter, in deren tränenüberströmten Gesicht zeichnete sich ein weiches Lächeln. Beglückt schluchzte sie auf.

»Mama, tön!« brabbelte der Kleine noch etwas unbeholfen und hielt seiner Mama die glänzende Kastanie erfreut entgegen.

»Mama, to tön!« wiederholte er fröhlich.

Die Mutter brach erneut in Tränen aus, aber diesmal nicht vor Angst, sondern vor Freude und Erleichterung.

Ihr kleiner Sohn sprach mit ihr.

Zum ersten Mal sagte er gezielt »Mama« und einen kurzen Satz.

Und es war trotz Babysprache herauszuhören, dass er die Kastanie schön fand.

Sie hob ihren Jungen aus dem Wagen, setzte ihn auf ihren linken Unterarm und ließ sich die Kastanie geben.

Der Kleine strahlte immer noch über das ganze Gesicht. Was er gerade erlebt hatte, konnte es seiner Mutter noch nicht erzählen:

Etwas hatte ihn beim Schlafen an der Nase gekitzelt, und als er dann aufgewacht war, hatte ihm ein kuscheliges Wesen dieses schöne, glänzende Etwas in sein Händchen gelegt. Zunächst war er sehr erschrocken und hatte geschrien. Aber schnell hatte er gemerkt, dass das Tier ihm nichts Böses antun wollte.

Nun klatschte er fröhlich in die Hände und sah seiner Mutter zu, die die Kastanie in ihrer freien Hand drehte und befühlte.

Beide waren in den Anblick des schönen Kleinods versunken, als über ihnen ein vielstimmiges Vogelgezwitscher einsetzte. Mutter und Kind blickten nach oben.

Unzählige Vögel saßen da und zwitscherten harmonisch eine nie gehörte Melodie.

In der Krone des mächtigen Baumes fesselte ein ungewöhnliches Leuchten den Blick der Mutter. Es blitzte und glitzerte; das gesamte Blattwerk schien in strahlendem Glanz gefangen. Vorsichtig neigte sie den Kopf zur Seite und spähte hinauf.

Waren dort wirklich unzählige Pfötchen? Eichhörnchentatzen etwa? Zeigten sie ihr glänzende Kastanien? Dazwischen meinte sie winzige geflügelte Gestalten zu erkennen, die die einzelnen Kastanien immer wieder anflogen und mit ihren Händchen berührten.

Der Anblick war einfach magisch!

Sie sah zurück auf ihr Kind und auf die Kastanie in ihrer Hand. Erst jetzt erkannte sie, dass sie schon leicht verschrumpelt war. Vermutlich war es eine Frucht vom letzten Herbst.

Doch sie glänzte weiterhin wunderschön, und wie in einem Spiegel ließ ihre braune Hülle die Gesichter von Mutter und Kind erkennen.

Ihre Augen fingen den Blick ihres Sohnes. Wie immer traf er tief in ihr Mutterherz.

Braun waren die Augen ihres Sohnes, so schön braun und leuchtend wie die Kastanie in ihrer Hand.

Sie atmete tief durch und blickte wieder hinauf in das Blätterdach der Kastanie, wo nun nichts Außergewöhnliches mehr zu sehen war. Kein Lebewesen war zu erblicken, nur der Wind spielte sanft mit den Ästen und den Blättern.

»Danke!«, sagte die Mutter »Vielen Dank!«

Mit diesen Worten schob sie die Kastanie in ihre Hosentasche und ging beschwingt zurück zum Haus. Das Kind auf ihrem Arm juchzte und lachte.

Kurz bevor sie das Haus betrat, drehte sie sich zu dem Kastanienbaum um und fragte ihren Sohn: »Meinst du, man kann dort eine Schaukel anbringen?«

Im Kastanienbaum und rundherum erklangen leise Ausrufe der Erleichterung.

Es war geschafft, das Leben hatte gewonnen.

In der kommenden Nacht würde ein großes Fest gefeiert werden.

Und vielleicht würden die Menschen mitfeiern.

Cornelia Aistermann, 1970 in Gütersloh geboren und im ländlichen Verl (Kaunitz) aufgewachsen, hat Diplom-Pädagogik in Bielefeld studiert, wo sie seitdem lebt. Sie arbeitet im Sozialen Dienst eines Pflege- und Betreuungszentrums. In ihrer Freizeit reist und fotografiert sie gern. Ihr Herz schlägt für viele verschiedene Tiere. Dies hat sich in ihren bisherigen Veröffentlichungen niedergeschlagen. In ihren Reiseführern für Kinder erkundet die Fledermaus »Batty« Amsterdam und Madrid. Im Rahmen ihres Kalenderprojektes lichtete die begeisterte Hobby-Fotografin Vogelspinnen ab. Für die Anthologie »Krimis mit Fell und Schnauze« schrieb sie den Kurzkrimi »Missy – ein wahnsinnig braver Hund«.
http://battys-reise.de/

Markus Frost

Die Goldene Laterne

Er gab sich keinen Illusionen hin. So friedlich das Gewässer in der Sonne glitzerte, so gefährlich war es. Zu seicht, um darin zu schwimmen, würde er in dem morastigen Boden versinken. Ihm blieb nur, von einer Grasinsel zur nächsten tiefer ins Innere des Rieds zu hüpfen, bis er auf sicheren Grund gelangte. Es war schon ein Weilchen her, seit er den See auf diese Weise überquert hatte, und er hoffte, dass ihn sein Orientierungssinn nicht im Stich ließ.

Baren fasste sich ein Herz. Er sprang – und keinen Moment zu früh! Er schaffte es gerade ein paar Inseln weit, als Stimmen von Männern zu ihm drangen. Sie erreichten das Ufer hinter ihm, ein Wurfdolch verfehlte ihn nur knapp.

Wenigstens tragen sie keine Bögen, dachte er erleichtert, als der erwartete Pfeilhagel ausblieb.

Der zweite Dolch klatschte Längen hinter ihm ins Wasser.

»Los! Ihm nach!«, hörte Baren einen Mann rufen.

»Ins Moor? Bist du verrückt? Nie und nimmer! Der säuft doch sowieso ab. Wozu also ein unnötiges Risiko eingehen?«

»Wir wurden für diesen Auftrag bezahlt. Außerdem: Was, wenn der Kerl durchkommt und der General es spitzkriegt? Ich sage dir, was der dann mit uns anstellt, ist um ein Vielfaches schlimmer, als im Morast zu versinken ...«

Der General. Darauf hätte ich von alleine kommen können, dachte Baren bitter. *Der Frieden schmälert die Stellung der Militärs am Hof, deshalb wollen sie ihn mit allen Mitteln verhindern. Am einfachsten ist es natürlich, den Boten gar nicht erst sein Ziel erreichen zu lassen.*

Die Diskussion wurde leiser und verstummte schließlich. Wilde Hoffnung, die Männer könnten aufgegeben haben, keimte in Baren auf ...

... um im selben Augenblick in tiefe Resignation umzuschlagen. *Nein, Leute wie sie geben niemals auf. Aber immerhin hat mir ihre Debatte einen wertvollen Vorsprung verschafft.*

Er spürte, wie ihm allmählich die Puste ausging. Mit jedem Sprung zum nächsten Stückchen festen Boden fühlte er sich noch schwächer. *Durchhalten*, dachte er verbissen. *Ein letzter Satz ... Geschafft!*

Barens Stimmung verbesserte sich merklich. Er hatte den alten Trampelpfad erreicht, der ihn ohne besondere Anstrengung ein gutes Stück voranbringen würde.

Er hielt an und lauschte. Kein Geräusch war weit und breit zu hören. Auch wenn das bedeuten konnte, dass er einen passablen Vorsprung hatte, bekam er eine Gänsehaut. Der Gedanke, sich mutterseelenallein in den endlosen Marschen herumzutreiben, ließ ihn frösteln. Nur er, Echsen und Schlangen, die sich irgendwo im Schilf verkrochen hatten. Dann diese lästigen Stechmücken!

Baren setzte sich wieder in Bewegung. Vor ihm erhoben sich krumme Steineichen, zwischen denen er ein Meer von im Wind wogenden Gräsern mit weißen »Köpfen« ausmachte.

Wollgräser, erkannte Baren. *Schön. In diesem Dickicht kann ich mich notfalls gut verstecken.*

Mit jedem Augenblick trübte sich die Sicht ein wenig mehr. Die Luft kühlte ab, sie wurde feuchter. Aus den kleinen Tümpeln ringsum kroch frühherbstlicher Nebel.

Das ist nun eindeutig zu viel des Guten, dachte Baren in einem Anflug von Verärgerung und Besorgnis. *Können diese Mooraugen ihr Wasser nicht für sich behalten? So entdecken mich die Männer zwar bestimmt nicht. Aber finde ich mein Ziel? Jetzt bloß nicht die Nerven verlieren! Und vor allem nicht die Orientierung.*

Vorsichtig ertastete er sich seinen Weg. Seine Unsicherheit wuchs mit jedem Schritt. Die milchige Suppe begann, ihm das Selbstvertrauen zu rauben.

Er trat auf einen heruntergefallenen Ast, der laut knackend unter seinem Fuß zerbrach. Eine aufgeschreckte Schlange verschwand raschelnd im Schilf.

Glück gehabt, dass das Viech mich in Ruhe gelassen hat, dachte er erleichtert.

Der Nebel lichtete sich ein wenig, und Baren konnte den Boden vor sich knapp erkennen. Er beschleunigte seine Schritte.

Das geht immer noch viel zu langsam, ging es ihm beunruhigt durch den Kopf. *So erreiche ich die Goldene Laterne auf keinen Fall rechtzeitig.*

Die Goldene Laterne! In ihm kam die alte Erinnerung wieder hoch ...

Er war ein junger Landsknecht auf Patrouille im Dienste Pardolons. An der Grenze zum verhassten Nephrol geriet er in eine Waldlichtung nahe dem Moor. Verwundert entdeckte er in ihrer Mitte ein einsames Fachwerkhaus. Der Abend dämmerte, und in einem Leuchter an der Wand flackerte gemütliches Licht. Darunter las er in verschnörkelten Lettern: »Herberge zur Goldenen Laterne«.

Hungrig trat er ein. Augenblicklich kam der Wirt, ein langhaariger Hüne mit dichtem Bart, auf ihn zu und klopfte ihm kräftig auf die Schulter.

»Guter Mann«, sagte er und stellte sich als Rastan vor. »Ihr befindet Euch auf neutralem Boden zwischen den beiden Ländern. In meiner Schenke ist jeder willkommen, sofern er keine Waffen trägt. Wenn Ihr sie bitte ablegen und hier deponieren würdet?«

Rastan deutete mit einer Miene, die keinerlei Zweifel am Ernst seiner Worte aufkommen ließ, auf eine Ecke des Schankraums. Widerwillig gehorchte Baren ...

Tief in Gedanken achtete er kaum auf seinen Weg. Nur am Rand nahm er wahr, wie sich der Nebel allmählich verzog und die Dämmerung hereinbrach. Es wurde schnell dunkel.

Halblaute Stimmen brachten ihn in die Gegenwart zurück. »Weit kann er nicht sein ...«

Baren spürte, wie ihm die kalte Nachtluft durch Mark und Bein kroch. Er drehte sich um und sah den Widerschein von Feuer.

Eine Fackel! Die Verfolger befinden sich ganz in der Nähe, und sie haben Licht. Während ich ...? Wie soll ich bloß meinen Weg finden?, fragte er sich verzweifelt.

Die dünne Sichel des Monds war von Wolken verdeckt, sie spendete keine Helligkeit.

Aber ich muss doch heute Nacht noch die Goldene Laterne erreichen! Zu viel steht auf dem Spiel.
Angestrengt schaute er in die Richtung, in der er die Herberge vermutete.

Er rieb sich verwundert die Augen. Was er sah, konnte einfach nicht wahr sein. An die fünfzig Schritt vor ihm stand aufrecht ein Riese von einem Mann. Er trug eine Laterne mit goldenem Licht, die derjenigen an der Wand des Gasthauses wie ein Ei dem anderen glich. In ihrem Schein erkannte er die langen Haare ebenso wie den dichten, wuscheligen Bart.

»Rastan?«, fragte Baren unsicher. Doch der Angesprochene antwortete nicht, sondern winkte ihm nur schweigend zu.

Zaghaft machte Baren einen Schritt vorwärts. Die Gestalt entfernte sich genau so weit, wie er sich ihr näherte. Wieder bewegte er sich auf sie zu, und erneut zog sie sich zurück. Der Ablauf wiederholte sich. Im selben Maß, wie Baren versuchte, dem seltsamen Fremden näherzukommen, wich dieser aus. Hierbei hielt er stets denselben Abstand.

Baren hatte von diesem merkwürdigen »Spiel« bald genug, er blieb stehen. Bis die gedämpften Stimmen ihn daran erinnerten, dass er verfolgt wurde.

Immer noch besser, einem Hirngespinst nachzujagen, als von diesen Männern ermordet zu werden, dachte Baren resigniert und ging weiter.

Er war erstaunt, wie echt dieses Hirngespinst auf ihn wirkte. Was ihn allerdings noch mehr verblüffte, war das goldene Licht. Selbst über den Abstand von fünfzig Schritt hinweg leuchtete es so hell, dass er den Pfad mühelos erkennen konnte.

Das stimmte ihn misstrauisch. Er hatte viel von seltsamen Leuchterscheinungen in den Mooren gehört. Sie wiegten ihre Opfer in Sicherheit, um sie anschließend in die Irre zu locken.

Eine kräftige Sturmbö aus heiterem Himmel ließ ihn straucheln. Geistesgegenwärtig hielt er sich am Ast einer Eiche fest. Er vernahm einen entsetzen Aufschrei, Platschen auf einer Wasseroberfläche, gefolgt von Glucksen.

Die Luft beruhigte sich wieder.

»Das war der Mathes!«, hörte er jemanden rufen.

»Mir egal. Schlimmer ist, dass sein verdammtes Spritzwasser die Fackel gelöscht hat. Jetzt können wir sehen, wo wir bleiben.«

Baren schaute dorthin, woher die Stimmen kamen. Der Feuerschein war verschwunden. Er wollte sich umdrehen und seinen Weg fortsetzen, als er aus den Augenwinkeln ein schwaches Funkeln wahrnahm.

Der Mann mit der goldenen Laterne?, fragte er sich, aber dieser war es nicht. Baren wandte sich der Leuchterscheinung zu. Auf Augenhöhe schwebte, außerhalb seiner Reichweite, eine kleine bläulich glimmende Kugel. Zu ihr gesellte sich eine weitere, dann noch eine. Schließlich war es eine ansehnliche Schar. Die Kugeln bewegten sich so flink, dass er Mühe hatte, sie voneinander zu unterscheiden. Er schätzte ihre Zahl auf zwanzig. Sie strahlten eine Eiseskälte aus, die jedoch nicht ihm galt. Das konnte er genau fühlen.

Baren drehte sich um. Er wandte sich wieder seinem unwirklichen Führer zu.

Gut!, meinte er unvermittelt dessen Stimme in seinem Kopf zu hören. *Ignoriere die Irrlichter. So, wie sie das mit dir tun. Jedenfalls im Augenblick ...*

Irrlichter?, gab er ungläubig in Gedanken zurück. *Wenn das Irrlichter sind, was bist denn du?*

Einen Wimpernschlag lang nahm er leises Lachen wahr, dann Stille ...

Gleichgültig folgte Baren der merkwürdigen Gestalt. Er fragte sich nicht, warum er es tat. Er tat es einfach. Sein Kopf war leer. In das Wohlwollen, das die Erscheinung auf ihn ausstrahlte, mischten sich ein Gefühl von großem Verlust – und von Freude.

Wie kann ein Wesen des Moores so viele Empfindungen gleichzeitig haben?, wunderte sich Baren.

Wieder dieses leise Lachen. *Ein Wesen des Moores ...*

Lautes Gezeter drang an sein Ohr.

»Ihr habt mich lange genug gefoppt. Aber nun nicht mehr. Jetzt jage *ich euch* durch die Sümpfe!«

»Bleib stehen! Das wollen diese Lichter doch erreichen: dass du den Verstand verlierst.«

Baren vernahm ein Plumpsen und einen Aufschrei …

Er trottete weiter. Kaum war der Schrei in seinem Ohr verhallt, hörte er ein Rascheln. Holz knackte, jemand stöhnte leise. Ein ihm nur allzu bekanntes Glucksen erklang …

Einer der Kerle kommentierte trocken: »Ihr müsst besser aufpassen, wohin ihr tretet …«

»Du mit deiner bescheuerten Gelassenheit!«, rief irgendwer zornig. »Lasst uns so schnell wie möglich aus dieser verfluchten Gegend herauskommen.«

»Na warte, dir werde ich's geben! Von wegen bescheuert!«

Metall klirrte auf Metall. Ein Todesschrei?

Baren sah zu, dass er weiterkam.

Er wusste nicht, wie viel Zeit vergangen war, als er jemand schimpfen hörte. »Verdammt! Die Lichter spalten sich in zwei Gruppen auf. Welcher der beiden sollen wir jetzt folgen?«

»Eine Hälfte von uns folgt der einen, die zweite der anderen.«

»Bist du übergeschnappt? Das bedeutet, dass ein Teil von uns absaufen wird.«

»Na und? Die anderen werden überleben …«

Baren entschied, nicht weiter darauf zu achten, wie es den Verfolgern erginge. Er hatte das untrügliche Gefühl, keiner von ihnen käme durch. Außerdem war er hinreichend mit dem eigenen Irrlicht beschäftigt. Immer wieder packte ihn das schlechte Gewissen. Er *musste* doch zur Herberge. Aber der Einfluss, den der Träger der goldenen Laterne inzwischen auf ihn ausübte, war zu stark. Er würde ihm folgen, wohin sein Weg auch führte. Baren nahm weder das Zirpen der Grillen wahr noch die Schwärze der Nacht. Für ihn existierten lediglich sein unheimlicher Führer und das Licht, mit dem dieser ihm den Weg wies.

Nach einer Zeit, die Baren wie eine Ewigkeit vorkam, weitete sich der Pfad zu einer großen, von Büschen und hohem Gras eingerahmten Fläche. Der Boden fühlte sich weich an.

Moos, vermutete er.

Die Erscheinung betrat die Fläche, um gleich darauf stehen zu bleiben. Dieses Mal wich sie nicht zurück, als Baren auf sie zuging.

Sie sandte ihm eine Gedankenbotschaft: *Auf dem Weg, den ich von jetzt an beschreite, kannst du mir nicht folgen. Ruhe dich aus. An diesem Ort bist du die Nacht über sicher.*

Er spürte Wut und Verzweiflung in sich aufsteigen. *Ich wusste es!*, antwortete er. *Du hast mich hereingelegt. Ich muss dringend zur Goldenen Laterne. Im Moor habe ich nichts verloren.*

Die Gestalt platzierte ihr Licht in der Mitte der Fläche, tat einen Schritt zurück und zeigte darauf. *Die Goldene Laterne. Sie ist hier. Und hier wirst du deine Aufgabe erfüllen.*

Baren war verwirrt. *Ich verstehe nicht …*

Als du meine Erscheinung zuerst sahst, deutetest du sie völlig richtig. Ich bin Rastan. Genauer gesagt, das, was in dieser Welt von mir übrig geblieben ist. Die Herberge existiert ebenfalls nicht länger. Sie hat ihren Zweck erfüllt. Meine Gefühle hast du genauso zutreffend wahrgenommen. Für dich, ebenso wie für Ferrel empfinde ich das Wohlwollen, das man guten Freunden entgegenbringt. Nein, es ist mehr als das: Es ist wie die Liebe eines Vaters zu seinen Söhnen. Das Gefühl von Verlust? Ich hätte so gerne einen letzten Humpen mit euch gehoben. Mit euch angestoßen. Und schließlich die Freude? Ich sage dir, ich habe einen flüchtigen Blick auf das geworfen, was mich erwartet. Es ist unvorstellbar schön. Ich sollte längst dort sein, aber mir wurde die Bitte gewährt, dich zuvor noch sicher hierher zu geleiten. Nun muss ich eilen. Lebe wohl, mein Freund.

Die Gestalt wurde zusehends durchsichtiger, bis zuletzt lediglich ein Schemen zu sehen war. Ein Windhauch wehte ihn davon.

Die goldene Laterne blieb und tauchte die Umgebung in freundliches Licht.

»NEEEIIIIN!!!!«, schrie Baren aus vollem Hals. »Das alles ist nur ein übler Moorspuk! RASTAN IST NICHT TOT!!! Das glaube ich erst, wenn ich mich selbst davon überzeugt habe.«

Baren wollte die Laterne nehmen, griff jedoch ins Leere. Sie war körperlos, so wie es die Gestalt gewesen sein musste, die ihn gerade verlassen hatte.

Es geht auch ohne sie, dachte er trotzig. *Und falls ich im Sumpf versinke, dann ist es eben so. Ich habe meinen Auftrag vermasselt. Was für einen Unterschied macht es da noch, ob ich lebe oder sterbe?*

Als er sich umdrehte, um zurückzugehen, schwirrten etwa zwanzig Irrlichter über der Stelle, wo sich der Platz zum Pfad verjüngte.

»Lasst mich vorbei!«, rief er, aber sie hielten ihre Position. Er stürmte vorwärts. Von ihrer Helligkeit geblendet, stolperte er über ein Grasbüschel. Er fiel auf die Hände, die tief in zähen Morast einsanken. Die Lichter flackerten und tanzten. Er zerrte seine Hände aus dem Boden und sprang mit einem Schrei zurück.

Zu seiner Überraschung hatten sie sich verändert. Als sie anfingen, die Verfolger in die Irre zu leiten, waren sie ... Er wusste nicht, was es war, doch er konnte einen Unterschied *fühlen*.

Die Verfolger, ging es ihm durch den Kopf.

»Jetzt endlich verstehe ich eure ganze Bosheit«, sagte er wütend. »Ihr habt mich nur gerettet, damit ich noch Jahre mit der Schande leben muss, versagt zu haben. Ja! Genau so wird es sein. Aus dem Weg!«

Die Lichter zogen sich nur so weit zurück, dass sie knapp außerhalb seiner Reichweite blieben. Baren begann, zu verzweifeln. Sie vermochten ihn nicht mit Gewalt aufzuhalten, aber ihre gleißende Helligkeit war nicht minder wirkungsvoll.

»Also gut, wie ihr wollt«, schimpfte er. »Ich setze mich jetzt hier hin, bis ihr aufgebt.« Bereits während er das sagte, dämmerte ihm, dass wohl die Lichter den längeren Atem besäßen. Trotzdem ließ er sich auf dem Boden nieder. Herausfordernd starrte er die schwirrenden Kugeln an.

Er beruhigte sich ein wenig. Da merkte er, was seit der ersten Begegnung anders an ihnen war. Sie strahlten keine Kälte mehr aus. Von der Bosheit, die er unterstellt hatte, war ebenfalls nichts zu spüren. Ihm war, als machten sie sich *Sorgen* um ihn.

»Na gut«, sagte er schließlich müde. »Ihr habt gewonnen. Wenn das vorhin wirklich Rastan war, bin ich hier am richtigen Ort. Andernfalls ist ohnehin alles verloren.«

Baren begab sich zurück auf die von Gewächsen eingerahmte Fläche. Er legte sich unter die Laterne aufs weiche Moos und schlief sofort ein.

Sie stürmten mit geballten Fäusten aufeinander los. Wie konnte ein rotzfrecher Landsknecht in Nephrols Farben es wagen, ihn, Baren aus Pardolon, durch seine bloße Anwesenheit herauszufordern? Das ging entschieden zu weit! Er versetzte dem verhassten Feind einen Schlag mit der Linken, dieser konterte mit seiner Rechten.

Eine kraftvolle Pranke packte ihn am Kragen wie einen ungezogenen Welpen. Das Gleiche widerfuhr seinem Gegner. Ehe sie sich versahen, knallte Rastan ihre Köpfe zusammen.

»Euch werde ich lehren, wie man sich in meiner Schenke zu benehmen hat!«, schimpfte er lauthals.

Er zerrte sie an einen kleinen Tisch und ließ sie unsanft auf einander gegenüberliegende Stühle fallen. »Hier bleibt ihr sitzen. Ich will keinen Laut von euch hören!«

Die beiden sahen sich abwechselnd gegenseitig an und dann wieder zu Rastan. Als sich ihre Blicke trafen, zogen sie die Augenbrauen hoch. Aber sie wagten es nicht, sich auch nur zu räuspern.

Der Wirt brachte jedem einen Teller mit Leberwurst, Kartoffeln und Wirsing. Er stellte jeweils einen Humpen Bier dazu. Die herzhaft gewürzten Speisen schmeckten Baren vorzüglich. Beinahe vergaß er über seine Mahlzeit, mit wem er an einem Tisch saß. Als er fertig gegessen hatte, sah er, wie sein Gegenüber lustlos im Gemüse stocherte.

Ohne es zu wollen, musste er grinsen. »Du erinnerst mich an meinen kleinen Bruder. Er sieht aus wie du, wenn er Wirsing isst.«

Der Mann aus Nephrol sah ihn misstrauisch an und überlegte, ob er das Gesagte als Beleidigung auffassen sollte. Er entschied sich dagegen.

Er erwiderte schnippisch: »Soso, auch die in Pardolon scheinen Geschwister zu haben. Vielleicht auch Familien …? Am Ende haben sie

sogar Namen? Dein Bruder zum Beispiel, der Wirsingverächter. Hat der einen?«
»*Lute. Er heißt Lute. Und du? Selber Wirsingverächter?«*
»*Ich bin der Ferrel ...«*

*

Baren wälzte sich unruhig auf dem Moos. Müde öffnete er die Augen. *Ferrel ... So begann unsere Freundschaft ... und die mit Rastan ...*
Er schlief wieder ein.

*

Baren sah Ferrel erwartungsvoll an, als dieser die Schenke betrat.
»*Und ...?«*
»*Ich habe eine gute und eine schlechte Nachricht. Die gute: Auch im Fürstenhaus von Nephrol ist man der Ansicht, dass eine offizielle diplomatische Beziehung zwischen unseren Ländern ausgeschlossen ist. Man betrachtet aber, genau wie bei euch, einen inoffiziellen Austausch als nützlich. Wie von eurem Herrscher vorgeschlagen, sollen wir beide hierfür als Mittelsmänner dienen. So weit die gute Nachricht. Die schlechte: Mit Rücksicht auf die verschiedenen politischen Kräfte – den Hochadel, den Klerus, das Militär – darf auf keinen Fall bekannt werden, dass dieser Kontakt besteht. Um das Risiko gering zu halten, machte man mir zur Auflage, dich so selten und so kurz wie möglich zu treffen. Konkret heißt das: einen Abend pro Mond. Spätestens am nächsten Tag muss ich wieder aufbrechen ...*

Baren öffnete erneut die Augen. Der Himmel war grau, das Licht der goldenen Laterne deutlich fahler. Ein Windhauch trug das Zwitschern eines Vogels zu ihm herüber.

Der Morgen naht, dachte Baren träge. *Der Morgen! Ich habe keine Ahnung, wie ich jetzt noch Ferrel die Friedensbotschaft übergeben kann. Er ist bestimmt schon auf dem Heimweg. Am nächsten Mond ist es doch zu spät! Bis dahin hat der Krieg längst begonnen. Hätte ich mich bloß nicht auf die Geister der Nacht eingelassen!*

Ihn durchzuckte ein schrecklicher Verdacht. *Moment mal ... Was ist eigentlich, wenn Rastan tatsächlich in seiner Schenke umgekommen ist, und Ferrel mit ihm?*

Baren bekam einen Schweißausbruch bei diesem Gedanken. *Nein, nicht Ferrel. Nicht er!*

Verzweifelt trommelte er mit den Fäusten auf das Moos. »FERREL!!!«

»Ja? Hier!«

Wie von der Tarantel gestochen sprang Baren auf. »Was? Du?«

»Höchstselbst.«

Er umarmte den Freund. »Warum hast du mich denn nicht aufgeweckt?«

»Du lagst so friedlich da. Da dachte ich ...«

»Also, jetzt ehrlich! Aber sag mal, wie um alles in der Welt kommst du hierher?«

»Das Gleiche könnte ich dich fragen.«

Baren erzählte von seinen Erlebnissen in der Nacht.

Ferrel rieb sich nachdenklich am Kinn. »Dann ist es tatsächlich so, wie ich befürchtet habe. Rastan ist tot.« Er wischte eine Träne mit dem Ärmel ab.

»Wieso bist du dir da so sicher?«, protestierte Baren.

»Ich war gestern Abend spät dran. Schon von Weitem roch die Luft versengt. Ein Wanderer teilte mir mit, die Herberge sei abgebrannt. Seines Wissens hätte man keine Überlebenden gefunden.«

»Wie kann denn so etwas passieren?«

»So wie du gejagt wurdest, wollte wohl jemand anderes einen Anschlag auf mich verüben. Wenn ich pünktlich gewesen wäre ...

Wie auch immer, als ich von der Katastrophe erfuhr, machte ich mir große Sorgen um dich. Ich versuchte die halbe Nacht, herauszufinden, was aus dir geworden ist, bis die Lichter kamen und mich zu dir führten.«

»Die ›Irrlichter‹, meinst du.«

»Die meisten nennen sie so. Für mich sind es Lichter. Außerdem meine Freunde.«

»Deine … Freunde?«

»Es sind verlorene Seelen, gefangen in der Zwischenwelt. Ich zünde öfter mal eine Kerze für sie an. Mit ein wenig Glück stimmt das die Götter milde, und sie erlösen eine von ihnen. Das vergessen die Lichter nie. Dafür zeigen sie sich auf ihre Art erkenntlich. Auch du schuldest ihnen etwas – nach dieser Nacht.«

»Ja. Da hast du wohl recht«, bestätigte Baren und fügte nach einer Gedankenpause hinzu: »Ihnen. Und Rastan sowieso. Ich bin traurig.«

»Ich auch. Nur, wir sollten es nicht sein. Ihm geht es gut. Sehr gut sogar.« Ferrel legte dem Freund die Hand auf die Schulter.

»Wohl wahr. Wenigstens war sein Tod nicht vergeblich. Hier …« Baren drückte ihm die Schriftrolle mit der Friedensbotschaft in die Hand.

»Du hast es also tatsächlich geschafft. Wie ist dir das am Ende gelungen?«

»Es hat vermutlich damit zu tun, dass die älteste Tochter unseres Königs einen Narren an mir gefressen hat …«

Ferrel verpasste dem Freund einen kräftigen Stoß.

»AUTSCH!!! Wofür war der denn?«

»Dafür, dass du nicht immer versuchen sollst, mich auf den Arm zu nehmen.«

Beide mussten lachen. Gemeinsam machten sie sich auf den Weg aus dem Moor.

Markus Frost, geboren 1954 in Stuttgart, schloss sein Chemiestudium an der Universität Karlsruhe mit einer Promotion in Physikalischer Chemie ab. Längere Auslandsaufenthalte vor und nach dem Studium erweiterten seinen Horizont, was sich auch im Schreiben von Geschichten (Fantasy, Science-Fiction) niederschlägt. Zurzeit arbeitet er an einem Science-Fiction-Roman.

Julie Fritsche

Zauberhafter Neuanfang

»Mama! Wie weit ist es noch?«

Sina zappelt aufgeregt auf ihrem Kindersitz herum und versucht, sich so weit wie möglich zu ihrer Mutter nach vorne zu lehnen. Diese dreht ihren Kopf um und lächelt sie an.

»Pass auf, wir wollen doch nicht, dass du dich verletzt«, sagt sie und drückt ihre Tochter sanft auf den Sitz zurück.

»Aber ... Mama, ich will endlich am Meer sein!«, murrt Sina.

»Es dauert nicht mehr lange, keine Angst«, beruhigt ihre Mutter sie. Plötzlich spürt Sina, wie ihr Vater die Kontrolle über das Auto verliert. Sie schlittern geradewegs auf einen Baum zu. Zu spät versucht ihre Mutter, noch das Lenkrad zu greifen. Das Letzte, das Sina mitbekommt, sind ein lauter Knall und der Schrei ihrer Mutter.

Flatternd öffneten sich Sinas Augen. Ihr Kopf schmerzte, und sie konnte sich im ersten Moment kaum bewegen. Helles Licht blendete sie, um sich herum nahm sie nur verschwommene Umrisse wahr. Als Erstes erkannte sie eine helle Farbe. Grün? Sina runzelte die Stirn. Seit wann war ihr Zimmer in dieser Farbe gestrichen? Sie versuchte, mit ihrem linken Arm einen Weg nach oben zu finden, doch er gehorchte ihr nicht. Sofort knickte sie ein und knallte mit dem Kopf wieder auf die Fläche unter ihr, auf der sie zuvor erwacht war. Der erwartete Schmerz blieb aus. Verwundert tastete Sina mit ihren Fingern den Untergrund ab. Glatt zunächst, doch dann ein wenig rau war die Oberfläche. Neugierig ließ sie ihre Fingern weiter gleiten und merkte zu spät, dass sie den Rand ihres Lagers erreicht hatte. Ihr Arm rutschte ab und baumelte nach unten.

Sinas Augen hatten sich inzwischen die Helligkeit gewöhnt, sodass sie, soweit es ihre missliche Lage zuließ, ihre Umgebung genauer betrachten konnte. Jetzt erst erkannte sie, dass sie auf einem menschengroßen Blatt lag. Sie zuckte zusammen, sah an ihrem eigenen

Körper hinunter, dann wieder auf das Blatt. An ihr schien nichts verändert, und doch lag sie auf einem Blatt! Sina richtete ihren Blick wieder auf ihre Umgebung. Neben ihr stand eine Art Nachttischchen, auf dem ihre Brille lag. Sie streckte den Arm aus, ertastete sie und setzte sie auf. Keine zwei Sekunden später sah sie endlich wieder klar und erkannte nun auch die Feinheiten in der Nähe.

Dass sie wirklich auf einer Pflanze lag, wollte sie noch immer nicht wahrhaben und schüttelte den Kopf, um den Gedanken loszuwerden.

Noch einmal startete sie einen Versuch nach oben, diesmal jedoch mit dem rechten Arm. Es gelang ihr, sich aufzusetzen, und während sie sich festhielt, sah sie sich weiter um. Große Blätter waren zu erkennen. Ineinander verschlungen kamen sie als ein Ganzes in der Höhe zusammen und bildeten eine Hülle, die Sina undurchdringbar vorkam. Die Blätter waren dick genug, um als Wände durchzugehen.

Auf Sinas Gesicht breitete sich ein Lächeln aus, als sie an ihre früheren Träumereien dachte. Darin hatte sie meist ein eigenes Baumhaus bauen wollen und war sicher gewesen, dass sie später nirgendwo anders als dort wohnen würde. Ihre Eltern waren davon nicht begeistert gewesen. Bei dieser Erinnerung presste Sina ihre Lippen aufeinander.

»Mama! Papa!«, rief sie. »Wo seid ihr?«

Sie lauschte nach einer bekannten Stimme, doch alles blieb still. Lediglich ihre eigene Atmung konnte sie hören.

»Wie komme ich hier nur raus?«, flüsterte sie. »Wieso bin ich hier? Wer hat mich gefunden? Und wo sind meine Eltern?«

Sina versuchte nun, das Gleichgewicht auch ohne ihren Arm zu halten. Sie nahm all ihren Mut zusammen und hüpfte von der Pflanze. Als sie den Boden erreichte, wurde ihr leicht schwindlig. Gerade noch rechtzeitig konnte sie sich an dem Blatt festhalten, um nicht umzufallen.

»Na, wo willst du denn hin?«, piepste eine Stimme hinter Sina.

Sie hörte, wie etwas um ihre Ohren flog und plötzlich auf ihrer Nasenspitze landete. Erschrocken blinzelte sie und kniff die Augen zusammen, um das »Etwas« zu fokussieren. Es war winzig, zumindest aus ihrer Sicht – und sehr fein. Vorsichtig versuchte sie, das Geschöpf zu berühren, schreckte aber vor den zarten Flügelchen zurück. Diese wirkten so zerbrechlich, so dass sie ihre Finger wieder zurückzog.

»Eine Libelle?«, gab sie laut ihre Vermutung bekannt und blickte das Geschöpf misstrauisch an. »… die sprechen kann?«, fügte sie noch hinzu. Das konnte nicht möglich sein! Das geflügelte Wesen machte grinsend einen Salto in der Luft und landete auf Sinas Handrücken. Fassungslos sah Sina es an.

»Eine Libelle? Du gehörst zu den neunzig Prozent der Menschheit, die falsch getippt haben, sobald sie mich gesehen haben«, meinte das Geschöpf mit einem Kopfschütteln. Dann räusperte es sich.

»Darf ich mich vorstellen? Ich bin Lintariela, eine der sieben Beschützerfeen aus diesem Wald.«

Eine Fee? Natürlich hatte Sinas Mutter ihr Geschichten von fantastischen Wesen vorgelesen, doch diese waren nur erfunden – oder nicht? Das Exemplar vor ihr wirkte allerdings ganz glaubwürdig.

»Sina«, stellte sich das Mädchen leise vor und sah die Fee aufmerksam an, bevor es schüchtern fragte: »Wo bin ich hier?« Vielleicht konnte die Fee Sina sagen, was mit ihren Eltern passiert war.

Das Wesen schwebte nun wieder in der Luft, und Sina beobachtete es, bis es hinter ihrem Ohr verschwunden war. Nun konnte sie nur noch erahnen, wo Lintariela herumschwirrte.

»Was machst du da?«

»Nachsehen, ob deine Wunde bereits geheilt ist«, antwortete die Fee. Prompt spürte Sina eine Berührung unter ihrem Haar und zuckte zusammen. Bisher hatte sie die weiteren Verletzungen nicht wahrgenommen, doch nun machten sie sich bemerkbar. In ihrem Hinterkopf stach es, Hitze zog sich durch ihre Hand. Nun konnte sie auch die Brandblasen an ihrer Hand erkennen und betrachtete diese erschrocken. Wie konnte sie diese nicht gespürt haben? Sie musste sich zurückhalten, nicht sofort ihren ganzen Körper zu untersuchen.

»Ruhig bleiben«, murmelte Lintariela, berührte sie sanft und inspizierte geduldig ihre Wunden. Erst als sie wieder vor Sinas Augen schwebte, beantwortete sie ihre Frage.

»Du bist hier im Zauberwald.«

Zauberwald? Was sollte das bedeuten? Sina schüttelte den Kopf. Es kam ihr vor, als wäre sie in eines der Märchen eingetaucht, die ihre Mutter ihr immer vorgelesen hatte.

Sie wollte hier raus und ihre Eltern suchen.

An ihren Lippen hatte sie die ganze Zeit unbewusst geknabbert, sodass sie nun blutig waren. Entschlossen tat sie einen Schritt nach vorn, wich der Fee aus, um sie nicht zu verletzen, stolperte dann aber über eine Wurzel.

»Ahh!«, kreischte das Mädchen und suchte nach Halt. Doch diesmal war es zu spät, um sich an dem großen Blatt festzuhalten. Sina fiel vorne über. Mit dem rechten Arm konnte sie sich gerade noch abfangen und verletzte ihren linken somit nicht noch mehr. Lintariela flog zu ihr und sah sie mit einer hochgezogenen Augenbraue an.

»Pass doch ein wenig auf, du warst lange bewusstlos«, tadelte sie Sina kopfschüttelnd.

Sina verdrehte die Augen und versuchte, aufzustehen. Mit nur einem funktionstüchtigen Arm war das kein einfaches Unterfangen. Der Schmerz trieb ihr Tränen in die Augen, als sie sich in die richtige Position rollte, um mit der gesunden Hand nach etwas Festem greifen zu können. Entschlossen fasste Sina nach der Wurzel, über die sie gestolpert war, und langte vergeblich nach ihrem Blatt. Schließlich fand sie etwas anderes, an dem sie sich hochziehen konnte. Als sie endlich wieder stand, wartete sie keine Sekunde und lief zu den Blättern, die sie schützend umhüllten. Sie wollte gerade eine dieser Pflanzen auf die Seite schieben, als Lintariela vor ihr erschien.

»Du kannst noch nicht gehen. Leg dich noch einmal ein wenig hin und ruh dich aus. Es gibt nichts, das nicht warten könnte.«

Der Ausdruck in ihren Augen brachte Sina dazu, einige Schritte rückwärts zu stolpern, um wieder auf das Blattbett zu fallen. Derweil flog Lintariela zwischen den Blättern nach draußen, wodurch Sina einen Blick auf die Außenwelt erhaschen konnte. Noch mehr Grün war alles, was sie sah.

Nach kurzer Zeit kam Lintariela mit einem Menschen zurück. Zumindest wirkte das für Sina auf den ersten Blick so. Als sie genauer hinsah, bemerkte sie die spitzen Ohren und die ebenmäßige Haut, die sie noch nie bei einem Menschen gesehen hatte. Nicht einmal bei ihrer Mutter.

»Was bist du?«, schoss es aus Sina sofort heraus. Vor diesem Wesen hatte sie weniger Scheu, schließlich sah es ihr wesentlich ähnlicher als die kleine Fee.

Die Elbin lachte leise, doch es klang keineswegs so, als verspottete sie das Mädchen. Statt einer Vorstellung hielt sie ihr stumm einen kleinen Flakon hin.

Durch den Sonnenstrahl, der sich mittlerweile durch die Blätter gekämpft hatte und die Flüssigkeit beschien, fing diese nun an zu glitzern und klarer zu werden.

»Trink das, dann wird es dir bald besser gehen«, riet Lintariela.

Sina nahm die Medizin entgegen, öffnete das Gefäß jedoch noch nicht. Noch immer wartete sie auf die Antwort des Wesens – sie würde nichts trinken, solange sie nicht wusste, von wem sie dies überhaupt bekommen hatte. Auch der Fee vertraute sie nicht voll. Wieso wollte diese sie unbedingt von ihren Eltern fernhalten? Sina schüttelte den Kopf. Sie würde nichts von dieser Person trinken, solange sie nicht wusste, wer sie war. Vor allem nicht, wenn sie so behandelt wurde, als wäre sie noch ein kleines Kind. Die Fee seufzte.

»Gut, …«, setzte Lintariela zur Erklärung an, »das hier ist Liana, eine Elbin. Sie war so nett und hat sich bereit erklärt, dir etwas gegen den Schockzustand zu geben, in dem du dich offensichtlich noch befindest.«

Als Sina ihre Haltung noch immer nicht veränderte, begann Liana zu sprechen. Sie hatte eine glockenhelle, jedoch ruhige Stimme, die Sinas Herz erwärmte.

»Schlaf noch ein wenig, die Welt sieht bald wieder anders aus.«

Plötzlich verspürte Sina den Drang zu schlafen. Das Fläschchen legte sie auf der Pflanze, die neben ihr in die Höhe ragte, ab. Bevor sie sich auf dem riesigen Blatt ausstreckte, nahm sie die Brille von der Nase und platzierte sie demonstrativ neben der Flüssigkeit.

„Ich trinke es, wenn ich nicht einschlafen kann", murmelte sie und senkte ihre Lider.

„Schlaf gut", wünschten die zwei fantastischen Wesen Sina, bevor sie das Mädchen allein mit seinen Gedanken ließen.

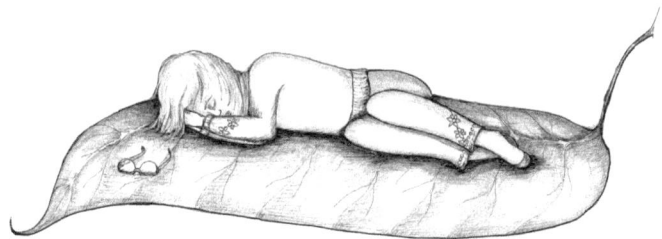

Als Sina sicher war, dass sie allein in dem Blätterkonstrukt war, öffnete sie langsam wieder die Augen und stand auf. Als sie ihre Brille vom Tischchen nahm, bedachte sie die Medizin mit einem abschätzigen Blick. Sie war nicht wie andere Kinder in ihrem Alter: naiv und gutgläubig. Fremden gegenüber konnte sie nur schlecht Vertrauen fassen, besonders wenn ihr Verhalten dermaßen verdächtig war wie in diesem Fall.

Sina schlich zur Blätterwand, zu der Stelle, wo die zwei vorhin verschwunden waren. Sie lauschte angestrengt, konnte jedoch nichts hören. Ärgerlich schob sie das Blatt ein wenig auf die Seite und trat einen Schritt nach vorne. Noch immer sah sie keine Menschen oder Feen in ihrer Umgebung.

Sie war allein.

Allein. Dieses Wort blieb in ihrem Kopf hängen wie ein schlechter Ohrwurm. Dennoch wünschte Sina momentan keine Gesellschaft. Für sie zählte jetzt nur, ihre Eltern zu finden.

Vorsichtig sah sie sich um. Sie war noch immer völlig von Pflanzen umgeben, die einen Schutzkreis um sie bildeten. Nicht eine Ameise war auf dem Boden zu sehen.

Hatte ihr ihre Mutter nicht erst gestern von einem Fantasieland erzählt? Sina konnte nicht glauben, dass sie sich nun in einem solchen befinden sollte. Solange sie keine Beweise hatte, glaubte sie gar nichts!

Plötzlich hörte Sina ein Wispern. Sie versteckte sich, so gut es ging, hinter einem großen Blatt und lugte hervor. Einige Meter vor ihr standen zwei Elbinnen mit langen dunklen Haaren. Beide waren sehr groß; bestimmt waren sie erwachsen. Die beiden steckten die Köpfe zusammen und flüsterten. Sina rückte unter dem Schutz des Blattes ein wenig näher heran und konnte so jedes Wort mithören.

»Meinst du wirklich, es ist nötig, hier aufzupassen?«, murrte die eine. »Das Mädchen wird bestimmt nicht abhauen.«
»Ich schätze, die Fee hat uns nicht ohne Grund dazu verpflichtet«, widersprach die andere energisch. »Sie gab zu bedenken, dass Sina möglicherweise bereits einen Verdacht hat.«
Sina zuckte zusammen. Sie war wohl doch keine gute Schauspielerin.
Sie schielte zur Seite und erkannte, dass die Elbinnen immer näher kamen.
»Wie meinst du das? Sie weiß noch gar nichts davon?« Die Stimme der einen Elbin wurde leiser und Sina musste weiter nach vorne rücken, um sie besser verstehen zu können.
»Was verheimlichen sie mir?«, murmelte sie und spitzte die Ohren.
»Würdest du ein Kind, das nach drei Tagen aufgewacht ist, als Erstes mit der Nachricht überfallen, dass seine Eltern tot sind?«

Tot. Ihre Eltern.
Sina keuchte auf.
»Nein ... das darf nicht wahr sein.«
Ihre Augen füllten sich mit Tränen und die Erinnerung an die letzten Minuten mit ihren Eltern stieg in ihr hoch. Daran, dass sie es gewesen war, die sie abgelenkt hatte. An das letzte Lächeln ihrer Mutter. An den Schrei, der jetzt in ihrem Kopf widerhallte.
Sina schloss die Augen und schüttelte den Kopf.
»Mama ... Papa.«
Die Tränen liefen ihr über die Wangen. Ein Schluchzen konnte sie nicht länger zurückhalten. Sie lehnte sich an die Wand, rutschte

auf den Boden, legte ihre Arme um die Knie und rollte sich zusammen.

Nun hatte sie wirklich niemanden mehr. War ganz allein.

Allein.

Nur entfernt nahm sie die Schritte wahr, die immer näherkamen.

Ein spitzer Aufschrei folgte.

Doch Sina sah nichts als ihre lächelnde Mutter. Ihren Vater, der genervt den Kopf schüttelte.

Der Schrei. Immer wieder hörte sie ihn. Sie presste ihre Hände auf die Ohren, unfähig, ihn zu ignorieren.

Allein.

Dann wurde es dunkel.

Mit klopfendem Herzen erwachte Sina und riss sofort die Augen auf. Das Letzte, woran sie sich erinnern konnte, war, wie sie in den Armen eines Fremden lag. Wieder befand sie sich in der gleichen Umgebung wie vorher. Mit einem Unterschied: Beim letzten Mal fühlte sie sich unwohl, nun aber spürte sie dieses besondere Gefühl von Geborgenheit. Sina stemmte sich mit dem rechten Arm hoch und ließ den schwachen linken auf ihre Oberschenkel sinken. Sie runzelte die Stirn. Kam es ihr nur so vor, oder waren die riesigen Blätter nun noch mehr ineinander verschlungen als vorher und die Decke niedriger? Alles um sie herum zeigte sich in satten Farben und gestochen scharf. Selbst das feinste Netz von Blattadern konnte Sina erkennen. Hatte sie mit Brille geschlafen? Als sie sie von der Nase nehmen wollte, griff sie ins Leere. Ungläubig tastete sie sich übers Gesicht, doch auch diesmal fand ihre Hand kein störendes Gestell. Sina trug keine Brille und trotzdem sah sie perfekt – wie von Zauberhand.

Plötzlich stieß ein Schmerz durch ihre Brust.

Erinnerungen zogen vor ihrem inneren Auge auf.

Ihre Eltern.

Ihr Zusammenbruch.

Wie lange war sie bewusstlos gewesen?

Sie musste dringend jemanden finden, der ihre Fragen beantworten konnte.

Wo sollte sie nur hin?

Sie war doch ganz allein. Es hatte immer nur sie drei gegeben. Keine Großeltern mehr, keine Onkel oder Tanten. Nicht einmal ferne Verwandte, von denen sie wusste. Nur sie selbst und ihre Eltern. Und nun war Sina endgültig auf sich gestellt.

Allein.

Dieses kleine Wörtchen ließ sie nicht mehr los. Plötzlich hörte sie eine leise Stimme vor ihr.

»Du bist nicht allein.«

»Doch, bin ich«, erwiderte Sina trotzig.

Für sie bestand daran kein Zweifel. Als Sina ein Schwirren um ihren Kopf herum hörte, wurde ihr klar, dass die Stimme keineswegs eine Einbildung war. Nur wenige Sekunden später landete Lintariela wieder auf ihrem Handrücken.

»Nein, ich bin hier«, piepste die Fee und blickte sie mit treuen Augen an.

»Das ist nicht dasselbe.«

»Natürlich nicht, aber immerhin etwas.« Sie verstummte kurz, zögerte, bevor sie weitersprach. Dann murmelte sie: »Es tut mir leid, dass du das mit deinen Eltern so erfahren musstest. Ich wollte dich eigentlich schonend darauf vorbereiten.«

Sina wich dem Blick der Fee aus und sah zu Boden.

Einige Minuten verharrten beide in ihrer Position.

Sina hing ihren Gedanken nach. Die Fee sollte sich nicht schuldig fühlen, sie konnte schließlich nichts dafür. Erst jetzt ergab das merkwürdige Verhalten des kleinen Wesens Sinn. Einerseits würde Sina gerne die Zeit zurückdrehen und das Ganze schonend erfahren, andererseits war sie froh, endlich Gewissheit zu haben.

»Guck mal!«, riss Lintariela Sina aus ihren Gedanken.

Vor ihren Augen begann die kleine Fee eine Tanzaufführung: Sie drehte sich um sich selbst, hüpfte, flatterte, zeigte dem Mädchen Vorwärts- sowie Rückwärtssalti und landete schließlich auf Sinas Nase.

Die Fee erinnerte Sina an sich selbst. Genau so war sie vor dem Unfall gewesen: fröhlich und voller Energie. Sie konnte nicht anders, als Lintarielas Grinsen zu erwidern.

Die Fee flog von Sinas Nase zurück auf ihre Hand, um besser mit ihr sprechen zu können.

»Hm«, machte sie und verzog nachdenklich das Gesicht.

Sina sah sie neugierig an. Woran dachte die kleine Fee wohl?

»Steh auf und geh zu der Blätterwand«, wies die Fee sie an.

Sina zog die Augenbrauen zusammen, gehorchte aber.

»Und nun schieb die Blätter ein wenig auseinander«, fuhr Lintariela fort. Sina tat, wie ihr geheißen, und ihr stockte der Atem.

Je mehr sie von der Außenwelt sah, desto wohler wurde ihr.

In der Ferne lagen riesige Berge, hinter denen die Sonne bereits unterging. Der Himmel verfärbte sich leicht rötlich, und auch die Bäume wirkten auf einmal ganz besonders.

Sina sah Lintariela, die neben ihr schwebte, unsicher an. Nur drei Meter unter ihr konnte sie den sicheren Boden des Hügels sehen. Sie drehte sich um und betrachtete von außen das Häuschen aus Pflanzen, das sie beherbergt hatte. Sie erlaubte sich ein kleines Lächeln, das sofort verschwand, als sie ein leises Räuspern hörte. Sie wandte sich wieder zu der Fee.

»Wo bin ich hier?«, fragte sie bange.

»Das, was du vor dir siehst, ist der Zauberwald, mein Zuhause. Hier bist du sicher.«

Sina sah sie Fee zweifelnd an. »Ein Zauberwald?«, wiederholte sie. »Heißt das, ich befinde mich in einem Traum?«

Das kleine Wesen kicherte leise.

»Nein, diese Welt gibt es wirklich. Denkst du nicht, dass all die Märchen in eurer Welt einen Ursprung haben?«

»Das ist also ... real?«, fragte Sina noch einmal nach. Sie wagte noch einen Blick nach draußen.

»So real, wie du es bist. Du kannst mir vertrauen.« Die Fee hielt kurz inne, bevor sie vorschlug: »Das alles könnte auch dein neues Zuhause werden.«

Sina musste lächeln. Das Angebot war verlockend. Bereits von oben sah die Welt so friedlich aus – mit einer solchen Erinnerung würde sie nicht in ihre Welt zurück wollen, selbst wenn sie eine Wahl hätte.

»Ich werde auf dich aufpassen, das verspreche ich dir. Anfangs wird es eine Umstellung für dich werden, aber du wirst dich schnell eingewöhnen.«

Lintariela schwebte nun direkt vor Sinas Augen.

»Bist du bereit für diese neue Welt?«

Sina blickte die Fee wenige Sekunden lang an und nickte dann, ohne noch weiter darüber nachzudenken. Sie war neugierig auf diese neue Welt und wollte sie unbedingt kennenlernen.

Lintariela sprach mit der Pflanze, auf der Sina geschlafen hatte. Nur einen Augenblick später spürte sie, wie sie mit einem Ruck von dem Gewächs auf ein anderes Blatt geschubst wurde. Nur noch ihre Beine baumelten nun nach unten und sie versuchte, Halt zu finden. Lintariela schwebte neben ihr und lächelte sie an.

»Wollen wir?«

Sina nickte. Sie war bereit für das, was kommen würde. Das Blatt, auf dem Sina stand, setzte sich in Bewegung, und für Sina begann die Reise ihres Lebens.

Als Erstes erkannte sie die Vogelnester in den Bäumen immer klarer, sogar die Küken, die auf ihre Mutter warteten, konnte sie erblicken.

Sinas Lächeln wurde offener. Eine Fee sah aus ihrem selbst gebauten Häuschen in dem Baum zu ihr herüber und winkte ihr fröhlich zu.

Dann hörte Sina leise Stimmen, die sich immer weiter in ihr Gehör schlichen, je näher das Blatt sie dem Boden brachte.

Doch zuvor sah sie die Dächer der Häuser, in denen vermutlich die Elben lebten. Endlich traute sich Sina, nach unten zu sehen. Sie konnte einen Marktplatz ausmachen, auf dem die Wesen des Zauberwalds fleißig Waren handelten. Bereits auf den ersten Blick erkannte sie die Elbin, die ihr die Flüssigkeit gegeben hatte. Liana hieß sie, fiel Sina wieder ein. Sie war umgeben von kleine Wesen, die Sina als Zwerge identifizieren würde. Als sie weit genug unten waren, entdeckten sie Sina und sprangen so begeistert auf und ab, dass sie die Elbin beinahe umstießen. Diese grinste das Mädchen an und winkte sie zu sich.

Die Pflanze rankte sich in ihre Richtung und ließ Sina absteigen. Die Zwerge blickten neugierig zu der Elbin auf, als sie das Wort ergriff.

»Herzlich willkommen hier bei uns!«, begrüßte sie Sina offiziell im Beisein aller. Sie lächelte das junge Mädchen an und beugte sich dann nach unten, um sie in den Arm zu nehmen.

»Danke«, murmelte Sina. »Ich verspreche dir, hier wird es dir bestimmt nicht langweilig«, flüsterte sie ihr leise ins Ohr, woraufhin sich ein leichtes Grinsen auf Sinas Gesicht ausbreitete.

Ihr Schmerz würde nicht sofort vergehen, doch dies war ein Anfang.

Julie Fritsche ist 1997 in der Nähe des Zürichsees geboren und schließt 2016 ihre Ausbildung zur Informatikerin ab. Seit jungen Jahren ist sie fasziniert von Geschichten, besonders von der Fantastik. Schon früh entwickelten sich verschiedene Charaktere in ihrem Kopf, die ihr eine Geschichte erzählten, welche auch niedergeschrieben werden wollte. 2014 wurde in der Anthologie »Schwanengesang« mit »Der innere Dämon« erstmals eine ihrer Kurzgeschichten veröffentlicht.

Im Sommer 2015 gründete sie mit drei anderen Autorinnen den Verein Schweizer Phantastikautoren (VSPA), www.phantastikautoren.ch.

Bonus-
geschichten

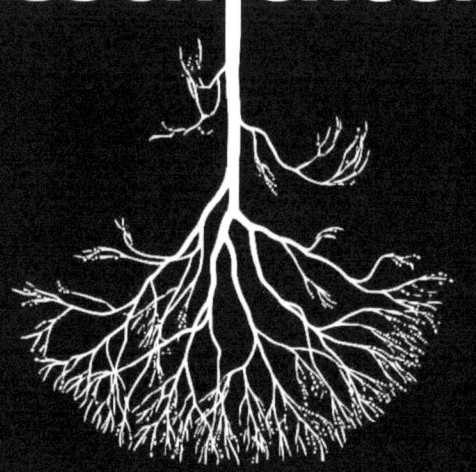

Anna-Maria Weigelt

Date mit Jack-in-the-Green
oder
Im Bann des Laubkönigs

Der Wind blies so schneidend kalt in mein Gesicht, dass meine Wangen brannten. Der erste Geschmack frischen Schnees lag in der Luft, obwohl die Blätter sich noch an die Äste klammerten. Ihre rote Färbung verriet deutlich, dass der Oktober sich seinem Ende zuneigte, um der hereinbrechenden Winterkälte den Vortritt zu lassen. Unter meinen Füßen knackte braunes Blattwerk, zerbröselte auf der kalten Erde und ließ sich vom Wind davontragen. Fasziniert starrte ich ihm nach. Immer wieder wunderte es mich, wie fremd und wild das Wäldchen war, das sich nur wenige Meter von unserem Haus entfernt an die leeren Felder schmiegte. Eine unbekannte, ja mystische Welt, die sich nur jenen Augen öffnete, die sie wirklich sehen wollten.

Ich ließ meinen Blick über das mit Moos überwucherte Gestein schweifen und sog tief die schwere, nach Fäulnis und Laub schmeckende Luft in meine Lungen. Das Aroma des sterbenden Herbstes. Der Herbst stimmte mich meist nachdenklich – erinnerte er uns doch an unsere eigene Sterblichkeit – aber diese ihm eigene Melancholie ließ mich heute kalt. Stattdessen erfreute ich mich an der Farbenpracht um mich herum. Hier gab es keine grauen Asphaltstraßen, keine Häuser oder surrenden Stromkästen. Nur braungrüne Wildnis, die mich in ihren Bann schlug und mich nicht wieder freigeben würde, bis ich aus ihr herausgetreten war.

Irgendwo im Unterholz knackten die morschen Zweige der Eichen und Buchen, die mich wie in einem Kokon einschlossen. Frisches Harz mischte sich in das schwere Parfüm, das den Wald mit seiner ganz eigenen Note von Tod und Wiederauferstehung schwängerte. Entspannt betrachtete ich die letzten Blumen, die träge die Köpfe hängen ließen und auf die Schneedecke warteten, die sie den Winter über begraben würde. Ich war vollkommen in dieses Bild vertieft, als ich hinter mir eine Bewegung spürte.

Suchend drehte ich mich um, doch der Weg war leer. Nur ein weiteres Knacken im Unterholz zeigte mir, dass ich mir diese Bewegung nicht eingebildet hatte. Neugierig trat ich näher. Ich war allein im Wald. Angst kroch mir den Rücken hinauf.

Ich tastete vorsichtig in meine Jackentasche, doch außer einer Packung Taschentücher hatte ich keine Waffe vorzuzeigen, mit der ich mich im Notfall verteidigen konnte. Es war nur vernünftig, umzukehren oder wenigstens schnell das Weite zu suchen. Doch was immer dort gewesen sein mochte, nun war es still. Stirnrunzelnd streckte ich eine Hand nach den Ästen aus, die mir die Sicht in den Wald verwehrten. Mein Herz klopfte warnend gegen meinen Brustkorb, doch ich zwang mich dazu, weiterzugehen. Es zog mich in den Wald, unwiderstehlich.

Zögernd bahnte ich mir einen Weg zwischen zwei großen Tannen hindurch, als ich neben mir wieder ein Knacken und Stöhnen hörte. Erschrocken fuhr ich herum und sah gerade noch, wie etwas Braunes hinter dem nächsten Baum verschwand. Ich eilte ihm nach. Ich wollte wissen, was es war, obwohl mir mein Verstand dringend davon abriet. Doch die Neugierde war zu groß.

Vorsichtig trat ich hinter die Phalanx aus wildem Laub. Jemand stöhnte wieder, schnelle Schritte entfernten sich von mir. Eilig nahm ich die Verfolgung auf, erhaschte einen Blick auf eine große Gestalt, die sich beeindruckend schnell von mir fort bewegte. Meine Schläfen begannen zu pochen, während ich mich durch dichtes Buschwerk kämpfte, immer wieder mit Jacke oder Hose an einem Ast oder Zweig hängen blieb. Das Wesen war genau vor mir, sein Keuchen mischte sich mit meinem.

Ich zwang meine Beine, schneller zu laufen. Im Gegensatz zu dem Unbekannten, dessen Schritte schnell und beinahe lautlos waren, brach ich durch das Unterholz, so laut und schwerfällig, dass die Krähen um uns herum sich albern lachend in die Lüfte erhoben. Der Wald wurde immer dichter, doch genau vor mir erstreckte sich eine kleine Lichtung, die vom Sonnenlicht geradezu geflutet wurde. Die Gestalt lief darauf zu, versuchte dann zwar zu flüchten, doch schließlich stolperte sie auf die Lichtung.

Abrupt hielt ich an und starrte sie mit großen Augen an. Das Wesen drehte sich zu mir herum – mir blieb die Spucke weg.

Vor mir stand ein großer, ausnehmend hübscher Mann. Ein Geflecht aus braunem Astwerk und faulig-süßem Moos zog sich um seine schlanken Gliedmaßen, während sein Haar – schillernd grün und duftend wie feinste Kiefernnadeln – über seinen Rücken wallte.

Auf seinem Kopf saß eine Krone aus braunem Laub, welches langsam zu Boden fiel. Eine einzelne verdorrte Blume hing in dem geflochtenen Gebilde und verströmte einen ebenso süßlichen Geruch wie der Mann selbst, der mich mit überraschend grünen Augen forschend beobachtete.

»Was ...« Ich schluckte. »... was bist du?«

Der Mann neigte leicht den Kopf, während seine Mundwinkel amüsiert zuckten. »Du kennst mich nicht?«

Ich taumelte einen Schritt zurück, als ich seine Stimme hörte. Sanftes Wasserrauschen gemischt mit vielstimmigem Vogelgesang – und doch so kalt wie der klirrende Frost, der sich im Winter an den Fenstern rieb. Ich konnte nicht antworten. Ich konnte mich nicht einmal entscheiden, ob ich stehen bleiben oder einfach davonrennen sollte. Da meine Füße aber wie angewurzelt waren, schüttelte ich einfach nur hastig den Kopf.

Der Mann schob sich geschmeidig eine grüne Strähne aus den Augen, dann verbeugte er sich galant. »Ich bin der Grüne Mann oder – wie man mich wohl unter euresgleichen kennt – Jack-in-the-Green.«

Verdutzt starrte ich ihn an: »Der Laubkönig?«

Natürlich kannte ich die alten Geschichten. Jeder kannte sie. Der Laubkönig legte sich jeden Herbst zum Sterben in ein Wäldchen nieder, um dort im nächsten Frühjahr wieder aufzuerstehen. So jedenfalls berichteten die alten Sagen.

Sprachlos starrte ich den Grünen Mann an. »Aber du … bist eine Legende!«

Der Laubkönig lächelte. »Keine Sorge, ich werde dir nichts tun. Es war mein Fehler, dass du mich zu Gesicht bekommen hast.«

Vorsichtig kam er einen Schritt näher und fuhr mir mit einer braungrünen Hand über die Wange. Ich erstarrte vor Schreck, doch ehe ich die Berührung spüren konnte, war seine Hand auch schon wieder verschwunden. Sanft wie ein Schmetterlingsflügel. Und trotzdem brannte meine Haut an der Stelle, die seine Finger gestreift hatten.

»Ich … Es tut mir leid …« Stockend wollte ich zurückweichen, sein Blick aber ließ mich zur Salzsäule werden. »… ich hatte nicht die Absicht …« Ja, was eigentlich? Ich wusste nicht, was ich ihm sagen wollte. Hektisch leckte ich über meine spröden, von der Kälte aufgeplatzten Lippen. »Ich wollte nichts Böses!«

Der Grüne Mann schüttelte den Kopf, bevor er mich mit einem Finger heranwinkte. Mein Herz donnerte mittlerweile geradezu panisch gegen meine Rippen, trotzdem folgte ich ihm brav. Meine Beine liefen ihm einfach nach, ohne dass ich etwas dazu beigetragen hätte. Die Angst ließ meine Finger kribbeln. Der Laubkönig aber führte mich nur zu einer kleinen, bemoosten Steinformation, auf der er sich niederließ und dann neben sich klopfte. Gehorsam setzte auch ich mich.

Als hätte er meinen hektischen Pulsschlag gehört, sagte er sanft: »Bitte, fürchte dich nicht. Dir wird nichts geschehen.«

Ich nickte stumm. Doch ich glaubte kein Wort. Er schien das zu wissen. Sein Lächeln war freundlich, aber der forschende Blick seiner Augen ließ mich frösteln. Mit aller Macht wollte ich meine Beine zwingen, mir endlich zu gehorchen. Meine Bemühungen führten lediglich zur Erheiterung des Laubkönigs. Sanft legte er eine Hand auf meinen Schenkel und ich spürte, wie meine Füße fest im Boden verankert wurden, als hätte ich wortwörtlich Wurzeln geschlagen. Panisch keuchend starrte ich ihn an.

»Keine Angst!« Er strich wieder über mein Gesicht. »Lass mich erklären: Ich war nicht zufällig im Wald – und du auch nicht.«

Ich schüttelte den Kopf, wollte seine Hand abschütteln, doch meine Bewegungen waren nur schwerfällig. »Lass mich los!«

Bedauernd lächelte er mich an. »Das kann ich nicht. Ich warte seit Jahrhunderten auf dich und werde dich nicht einfach wieder verlieren.«

Ich runzelte die Stirn. Wollte meine Füße befreien, doch die unsichtbaren Wurzeln hielten mich gefangen.

»Bitte, Eure Laubköniglichkeit …« Ich stockte, er lachte leise in sich hinein.

»Bitte, nenn mich Jack! Und hab keine Angst! Niemals würde ich dir wehtun. Ich habe dich seit langem erwartet und nun – endlich – kommst du in mein Reich.«

Meine Gedanken schwirrten wild durch meinen Kopf. Plötzlich spürte ich seine rauen Lippen an meinem Mundwinkel. Ich schmeckte Holz und Harz, gemischt mit fauligem Laub. Tief sog ich seinen Duft auf. »Was machst du mit mir?« Meine Worte kamen nur als Hauch über meine Lippen, doch Jack verstand mich trotzdem. Langsam lehnte er sich zurück und betrachtete mich mit seinen faszinierenden Augen.

»Ich bereite dich auf dein Schicksal vor, Liebste. Die Prophezeiung hat sich endlich erfüllt.«

Mein Innerstes zog sich vor Schreck und Sorge zusammen. Beinahe traute ich mich nicht zu fragen: »Welche Prophezeiung?«

Der Laubkönig strich mir eine verirrte Strähne hinters Ohr und wieder ließ mich seine Berührung frösteln.

»Die Wälder werden kleiner und ich immer schwächer. Allein werde ich die Natur im nächsten Frühjahr nicht mehr auferstehen lassen können. Daher schenkt mir das Schicksal eine Gefährtin, Liebste.«

Ich stöhnte ungläubig, doch er sprach unbeirrt weiter: »Jene Menschenfrau, die mich sehen kann und mir freiwillig in mein Reich folgt, wird die Meine sein.«

Ich starrte ihn nur an. Dann meine Beine.

»Ich … Nein. Nein!«

Sanft ergriff er eine meiner schlaffen Hände und führte sie an seine Lippen. »Beruhige dich, Liebste. Du weißt, dass ich die Wahrheit spreche.«

Ach ja? Woher denn? Doch die Worte fanden nicht den Weg aus meinem Mund heraus. Stattdessen nickte ich.

Auch Jack neigte den Kopf. »Du wirst die Zeichen ebenfalls zu deuten wissen, Liebste. Ich habe mich nicht geirrt.« Beschwörend sah er mir in die Augen. »Du wirst magisch vom Wald angezogen. Du liebst das Grün jedes Baumes und fühlst das Sterben der Natur, wenn der erste Schnee die Erde benetzt.«

Ich hörte in mich hinein. Versuchte, zu verstehen, was mir hier widerfuhr. Doch wieder war mein Körper schneller und ich nickte dem Laubkönig zögernd zu. Seine Augen funkelten mich an. Satt und grün und so unglaublich schön, dass ich in ihnen zu versinken drohte. Die Eindrücke um mich herum stürmten auf mich ein, verzauberten mich. Erdiger Geruch, weich schmeckende Luft. Das Rascheln der fallenden Blätter. Und schließlich die warmen Finger, die meine Hand umschlossen. Ich starrte ratlos darauf hinunter.

»Deine Gefährtin?«, flüsterte ich. Ungläubig.

Jack nickte bekräftigend. »Jenes Wesen, das mir die Kraft gibt, im Frühjahr wiedergeboren zu werden und das Grün in die Welt zu bringen.«

Ich sah ihn an, seine vollen Lippen, deren Maserung an das feine Muster der Baumrinde erinnerte, seine dichten Wimpern, die hohen Wangenknochen. Und schließlich die Blätterkrone, die immer mehr Schmuck verlor. Wieder löste sich ein braunes Blatt und fiel auf die Erde. Ich starrte ihm nach und flüsterte: »Du stirbst.«

Der Laubkönig nickte langsam. »In jedem Herbst, um im nächsten Frühling wiederzukehren.«

»Aber warum brauchst du mich?«

Er streichelte meine Hand, malte mit der Fingerspitze Muster auf meinen Handrücken. »Die Welt ist aus dem Gleichgewicht. Die Winter sind lang und hart, das Frühjahr kurz und kraftlos. Ich werde nicht mehr auferstehen, wenn du mir nicht die Kraft dazu gibst.«

»Aber wie denn?«

Wieder fanden seine Lippen meinen Mund, warm und tröstend, als wollte er sich für den Schreck entschuldigen, den er mir einjagte. »Indem du an meiner Seite weilst. Mir einen Teil deiner Lebenskraft schenkst.«

Obwohl seine Worte mich ängstigten, spürte ich, wie ich von Jack angezogen wurde. Wie von selbst schmiegte ich mich an ihn, fühlte mich in seiner Umarmung geborgen. »Wie?«

»Leg dich mit mir nieder, und du wirst im nächsten Frühling zusammen mit mir das Grün in die Wälder tragen.«

Sanft zog er mich an sich, und meine Hand umschloss automatisch die seine.

»Du bist hierher gekommen, um zu sterben?«

»Ja, Liebste. Und um dich zu mir zu holen.«

Instinktiv wusste ich, dass er die Wahrheit sprach. Und mit einem Mal spürte ich, dass es das Richtige war. Der Wald, die Erde, die Natur um mich herum. All das rief mich zu sich. Hatte mich schon immer zu sich gerufen. Und endlich wollte ich folgen.

Ich drängte mich noch enger gegen Jacks starke Brust und fühlte seine Arme, die mich wie in einem Kokon umschlossen.

»Wenn ich dich wähle«, fragte ich leise, »was wird dann aus mir?«
Würde ich so bleiben, wie ich war? Oder würde ich – anders – sein?

Jack streichelte mich beruhigend. »Du wirst meine Laubkönigin sein, Liebste. Bis zum Jüngsten Tag, wenn das letzte Grün von Stahl und Asphalt verschlungen wird.«

Ich nickte. Ich wollte es. Wollte ihn. Und ich wollte ihm helfen, die Wälder vor dem zu verteidigen, was sie bedrohte. Abholzung, Stahl, der kalte Glanz der Maschinen, die dem gefährlich wurden, was ich liebte. Und bis in alle Ewigkeit lieben würde.

Ich reckte Jack mein Gesicht entgegen, empfing seinen Mund auf meinen Lippen und spürte, wie sein Geist in mich hineinwehte. Seine Essenz füllte mich aus, ließ mich sein Selbst schmecken. Harzig. Moosig. Mit dem Versprechen, im nächsten Frühling wieder die Sonne zu sehen.

Und dann ... starb ich.

Anna-Maria Weigelt, 1991, arbeitet nach einem Studium der Psychologie heute als Werbetexterin. Sie veröffentlichte bereits mehrere Bücher und Kurzgeschichten. Weitere Informationen auf ihrer Homepage: www.anna-maria-weigelt.de.tl

Anke Höhl-Kayser

Fimbulwinter

Malin zog fröstelnd die Schultern zusammen und schaute zum Himmel auf. Ein kleiner, scharf umrissener Mond in einem Meer von Sternen schickte sein emotionsloses Licht zu ihr herunter. Der Winter war so anders in diesem Jahr, er war erbarmungslos über das Land hereingebrochen nach einem trockenen, milden Herbst, der mit seinen feuerfarbigen Blättern die Sinne verwirrt hatte. Dieser Winter erzählte so laut vom Sterben, dass es sogar für eine junge Frau wie Malin unüberhörbar war.

Mitte November hatte der Herbst mit einem selbst für das kühle Schweden einmaligen Kälterekord geendet. Die Temperaturen waren unter −20 °C gefallen.

Anfang Dezember war es noch einmal etwas wärmer geworden, aber nur, damit Massen von Schnee fallen konnten. Sie brachten Schweigen über das Land. Alles war still. Man hörte die eigenen Schritte nicht mehr, die Vögel sangen nicht, selbst der Lärm der Autos auf den Straßen der kleinen Vorstadt Stockholms war merkwürdig gedämpft.

»Das ist ein Fimbulwinter«, sagte Malins alte Nachbarin.

In der nordischen Mythologie bedeutete dieser Ausdruck den Beginn von *Ragnarök*, dem Untergang der Götter. Aber umgangssprachlich hatte sich der Begriff inzwischen schlicht zur Bezeichnung für einen außergewöhnlich strengen Winter entwickelt.

Trotzdem fröstelte Malin beim Gedanken an die Worte der alten Frau. Etwas Endzeitliches schwebte über den verschneiten Häusern.

Malin stapfte mühsam durch den Schnee. Die weiße Masse schien sich an ihren Schuhen festzuklammern.

Vor ihr türmten sich die Tannen des Cedergrenska Parks, Stocksunds tagsüber viel besuchtem Naherholungsgebiet. Doch heute Nacht war alles einsam.

Malin klinkte den Karabinerhaken der Leine an Fenris' Halsband aus. Der struppige Hund, den sie wegen seiner Größe und seines grauen Fells nach dem Götterwolf genannt hatte, war ihr vor zwei Monaten zugelaufen. Er hatte einfach vor ihrer Haustür gestanden und war wie selbstverständlich nicht mehr von ihrer Seite gewichen.

Fenris fiel in Trab und schlug den bekannten Weg zwischen den Bäumen ein.

Als er sich nach Malin umsah, glühten seine Augen im Licht der Straßenbeleuchtung rot auf. Malin bekam Gänsehaut, obwohl sie wusste, dass dieser Effekt lediglich durch die reflektierenden Blutgefäße des Augenhintergrunds zustande kam.

Ich bin einfach übermüdet, ich habe zuviel gearbeitet, dachte Malin und war ärgerlich auf sich selbst.

Das erklärte auch die Sinnestäuschungen. Sie glaubte ständig, Flüstern und Bewegungen um sich herum wahrzunehmen. Sie versuchte sich selbst zuzureden, es sei nur Einbildung.

Es war eben keine gute Idee, so spät mit dem Hund durch den dunklen Wald zu gehen! Aber das gehörte nun mal zu den Pflichten einer Hundebesitzerin.

Malin schaute auf die Uhr: kurz vor dreiundzwanzig Uhr. Als sie den Weg betrat, der in den Cedergrenska Park hineinführte, wurde es dunkel. Das Mondlicht drang nur spärlich zwischen die hohen Nadelbäume, und der Schein der Straßenbeleuchtung blieb hinter Malin zurück. Nicht einmal der Schnee leuchtete.

Malin schaltete die Taschenlampe ein. Sie begann zu zittern.

Die Dunkelheit war so umfassend. Sie streckte sich nach Malin aus und zog an ihr wie mit Händen.

Einen Moment lang hatte Malin das schwindelerregende Gefühl, mit dem Waldboden verwachsen zu sein und von ihm absorbiert zu werden. In ihrem Kopf rauschte es.

Dann durchbrach ein Knirschen und Schnauben den Bann. Ihr Herzschlag setzte schmerzhaft wieder ein.

Fenris rannte durch den aufstäubenden Schnee auf sie zu.

»Um Himmels willen, hast du mich erschreckt«, keuchte Malin und kämpfte die Panik nieder. »Fenris, lass uns nach Hause gehen!«

Der Hund war taub für ihren flehenden Tonfall. Er war schon wieder unterwegs, durch die Sträucher, in den Wald hinein.

Malin biss die Zähne zusammen. Das war doch albern, dass sie sich wie ein Kleinkind vor der Dunkelheit fürchtete. Sie kannte den Cedergrenska Park wie ihre Westentasche.

Warum hatte sie nur so furchtbare Angst? Ihr Herz hämmerte, ihre schweißnassen Hände konnten die Taschenlampe kaum noch halten.

Nein, es ging nicht. Keinen Schritt weiter. Fenris hatte Zeit genug gehabt. Sie musste heraus aus diesem Wald.

Sie rief den Hund. Nichts geschah. Sie steckte zwei Finger in den Mund und pfiff.

Der Wind schoss in die Kronen der Bäume und ließ sie aufheulen. Es klang wie eine Antwort. Malin entfuhr ein Entsetzensschrei.

Sie wollte weglaufen. Ihre Beine bewegten sich nicht von der Stelle. Die Dunkelheit warf sich mit brutaler Gewalt auf sie und erstickte ihren Herzschlag.

Das Wispern und Flüstern wurde ganz laut. Diesmal konnte sie sich nicht mehr einreden, dass sie es sich einbildete.

Sie nahm Stimmen wahr, sie hörte Worte. Tränen flossen über ihre Wangen und sie wollte schreien, aber sie konnte nicht.

Gelbes, fremdes Licht flammte zwischen den Bäumen auf. Sie sah Gestalten und Gesichter in den Stämmen. Äste streckten sich wie Arme nach ihr aus, liebkosten ihr Haar.

»Erinnere dich, wer du bist«, erklangen die Stimmen im Klagen des Windes. »Verwandle dich, Erdmutter, alles wird sich ändern. Geleite uns in die neue Welt.«

Ein Ruck ging durch die Nacht.

Malins Angst war fort. Sie erinnerte sich.

Sie verankerte die Füße im Boden und ließ die Verwandlung über sich hereinbrechen. Sie fühlte die Erde und verschmolz mit ihr. In ihrem Inneren schlug ein anderes Herz: der glühende Weltenkern.

Sie war eins mit allem, und alles lebte in ihr. Sie spürte Zärtlichkeit und Sorge, doch sie durfte nicht zögern.

Dies alles, rücksichtslos ausgenutzt und beschmutzt von Unwissenden, war ihr Körper. Es war Zeit für das Ende und für den Neubeginn.

Das Chaos musste ausbrechen, damit die Ordnung wiederhergestellt werden konnte.

Die Erde begann zu beben.

Während die Sterne zischend vom Himmel herabfielen und am Horizont Flammen aufstiegen, machte der Fenriswolf sich auf den Weg zum allerletzten Kampf.

Ursula Dittmer

Ugulaia

as Päckchen kam mit der Post. Der Zusteller drückte Stefan eine flache Faltschachtel in die Hand. Dann eilte er die Treppe hinunter.

»Schönen Tag noch«, rief der junge Mann ihm hinterher.

»Gleichfalls.«

Die schwere Haustür fiel unten ins Schloss. Nachdenklich trug Stefan die Sendung ins Wohnzimmer und nahm im Vorübergehen die Schere aus dem Tonbecher neben dem Telefon.

Kein Absender. Nur sein Name und die Adresse standen auf dem Aufkleber. Was mochte in der Schachtel sein? Sie war leicht und es raschelte, als er sie vorsichtig schüttelte. Wer schickte ihm ein Päckchen? Er hatte nichts bestellt.

Stefan stellte den Karton auf den Tisch, durchschnitt das Paketband und klappte den Deckel auf. Eine weiße Plastiktüte lag darin, die mit zwei Gummibändern verschlossen war.

Eine Pflanze! Behutsam schälte er sie aus ihrer Umhüllung. Der untere Gummi umgab den Wurzelballen und verhinderte, dass die Erde sich in der ganzen Tüte ausbreitete. Wer sandte ihm eine lebende Pflanze und warum?

Ratlos betrachtete er das Gewächs, das etwas schlapp vor ihm in der Faltschachtel lag.

»Was ist denn das?«

Er fuhr zusammen. Kathrin war unbemerkt hinter ihn getreten. Sie legte ihm den Arm um die Hüfte und deutete auf das Grünzeug: »Eine Überraschung für mich?«

Stefan zuckte mit den Schultern. »Eigentlich nicht. Es kam mit der Post. Ohne Absender.«

»Jedenfalls braucht diese unbekannte Schönheit Erde und Wasser.« Seine Frau ging hinaus auf den Balkon, wo sie unter dem Tisch einen Stapel Plastiktöpfe aufbewahrte. »Der hier könnte passen«, rief sie. »Bringst du sie her?«

Kathrin hatte eine Plastikdecke auf den Holztisch gelegt und füllte gerade mit einer Pflanzkelle Blumenerde in den Topf.

Während sie die Pflanze behutsam aus der Verpackung nahm, staunte sie: »Sieh dir mal das außergewöhnliche Laub an.«

Stefan hob eines der Blätter mit dem Finger an. Es war saftig grün, länglich geformt, mit stark gezähnten Rändern.

»Meinst du, es ist eine Blühpflanze?«, fragte er.

»Werden wir sehen«, antwortete sie. Sie steckte einen Stab in die Erde und band den schlaffen Stiel mit einem Stück Schnur daran fest. Dann goss sie reichlich Wasser an. »Ich hoffe, wir bringen sie durch. Der Versand hat sie sehr gestresst.«

Sie brachten sie durch. Nicht zuletzt wegen Kathrins aufopfernder Pflege gedieh sie prächtig. Bereits zehn Tage später brauchte sie einen größeren Topf, weil der alte vollkommen durchgewurzelt war. Aus dem schlappen Pflänzchen wurde allmählich ein Busch, der den halben Balkon einnahm.

Die Vögel liebten das Gewächs. Ständig tummelten sich Spatzen oder Meisen darin. Nur Stefan fühlte sich dort draußen nicht mehr wohl. Blätterrauschen im Abendwind hatte ihm im Sommer immer gut gefallen. Aber dieser Strauch rauschte nicht, er fauchte.

Seine Frau entfernte sich nie weit von ihrem Pflegling. Sie begoss, düngte, schnürte hoch. Sie besprühte, löste welke Blätter, topfte um. Als sie herausbekam, wie leicht die Vermehrung durch Stecklinge war, wurden sämtliche Fensterbretter Aufzuchtstationen.

Stefan war der Meinung, das Grünzeug sollte wenigstens blühen, wenn es ihm schon überall im Weg herumstand, doch sie schimpfte ihn einen Ignoranten.

Wenn sie nicht gerade mit ihrem Buschwerk beschäftigt war, recherchierte sie im Internet und postete Bilder in diversen Pflanzenforen. Eine eindeutige Klassifizierung gelang jedoch nicht. »Ich nenne sie einfach Ugulaia. Das klingt gut und fremdländisch«, bestimmte sie.

Der Sommer verging.

Der Herbst verging.

Als Stefan eines Abends nach Hause kam, hatte Kathrin seine Plattensammlung und den Plattenspieler weggeräumt. Stattdessen stand nun der Busch vor dem Südfenster und sperrte das Licht aus. In dieser Nacht stritten sie sich heftig. Nach diesem Streit war er kurz davor, die Grundsatzfrage zu stellen: Entweder Ugulaia oder ich. Er ließ es bleiben.

Die Nachzucht gedieh prächtig. Die Züchterin beließ sie in etwas zu kleinen Töpfen, damit sie nicht ebenso wucherte wie ihre Stammpflanze. Um Platz für neue Stecklinge zu schaffen, wanderten die Jungpflanzen von der Fensterbank in die Bücherregale, die Bücher in Umzugskartons.

Sein Zimmer erschien Stefan wie eine Lichtung im Dschungel. »Was willst du mit all dem Grünzeug?«, fragte er ein ums andere Mal. »Es blüht nicht einmal.«

Seine Frau zuckte mit den Schultern und lächelte. Eine Begründung lieferte sie ihm nicht.

Der Winter hielt Einzug und eisige Luft blies durch die undichten Fenster. Früher hatten sie es sich auf der Couch gemütlich gemacht. Sie hatten Tee gekocht und die Nasen in ihre Bücher versenkt.

In diesem Jahr blieb die Heizung kalt. »Ugulaia verträgt die Wärme nicht«, meinte Kathrin und empfahl Stefan, einen zusätzlichen Pullover und lange Unterhosen anzuziehen.

Stefan begann, die Abende mit Freunden in den umliegenden Kneipen zu verbringen. Hatte er mal keine Gesellschaft, zog er ein Buch aus der Tasche und las. Wenn er zu vorgerückter Stunde in die Wohnung zurückkehrte, schlief seine Frau meist schon.

Am zweiten April zog Stefan aus. Einen Tag später öffnete Ugulaia ihre ersten Blüten.

Am zwanzigsten April traf die Adressenliste ein und Kathrin ging Faltschachteln kaufen.

Meine Naturfantasien …